Tränen in Tremsdorf

Warum Sarah ihre Frau verließ

D1717475

Bibliografische Information der Deutschen Nationalbibliothek:
Die Deutsche Nationalbibliothek verzeichnet diese Publikation in der Deutschen Na-
tionalbibliografie; detaillierte bibliografische Daten sind im Internet über
http://dnb.d-nb.de abrufbar.

Impressum
Vorerscheinung 2007 Potsdam Deutschland; 3. überarbeitete Auflage – Februar 2009
Herausgeberinnen: Autorinnengruppe „Ohne Sorge Potsdam";
Reihe: „L-Trivial – Leben in Brandenburg"
Tränen in Tremsdorf – Warum Sarah ihre Frau verließ
Autorin: Clara Blikk
Cover und Druckvorlage: AS (verwendetes Bildmaterial: mp3_master ©aboutpixel.de)
Copyright liegt ausschließlich bei der Autorin, Nachdruck, Verwendung jeglicher Art
(auch privat), auch auszugsweise, nur mit Genehmigung - Kontakt: l-trivial@web.de
Die Idee zum vorliegenden Romanbüchlein entstand bei einem geselligen
Strandbarbesuch und wurde während des Schaffens von Freunden & Un-
terstützerinnen Probe gelesen. Dabei übersehene Fehler einfach schmun-
zelnd hinnehmen und weiterlesen, Danke!

Gedankt wird: Vonne, Dana, Peggy, Chris, Birgit, Dolores, Isa-Frech, Ant-
je & Hannah – wir haben viel gelacht!
Herstellung und Verlag: Books on Demand GmbH, Norderstedt

ISBN: 978 38370 60744
Weitere Infos: www.l-trivial.de

Tränen in Tremsdorf

Warum Sarah ihre Frau verließ

Für Ilka,
die in den 60ern Brandenburg verlassen musste.

Dunkle Wolken ziehen am Himmel, als es an der Türe klopft. Wer mag so spät noch etwas wollen?, grübelt die Hausherrin und öffnet zögerlich ein Fenster. Beim Anblick der hübschen Sarah, in deren Augen Tränen schimmern, befällt sie gleich eine böse Ahnung, denn der große Rucksack auf ihrem Rücken spricht für sich.

Scheint ihre Ehe doch nicht mehr zu retten zu sein, denkt sie betroffen, und bittet die junge Sarah herein. Schon lange weiß Marion Mucker, wie sehr die schöne Sarah unter den Sticheleien ihrer Schwiegermutter und dem Schwager leidet.

Doch nun ist im Geppart'schen Haus schier Unglaubliches geschehen! Kein Wunder, dass keines ihrer Worte die verzweifelte Sarah zu trösten vermag.

Der Entschluss steht fest: Noch heute kehrt Sarah ihrer Frau den Rücken – der Petra und ihrem Elternhaus, in dem sie keine Heimat mehr finden wird.

Wie ein zarter Schleier lag der Frühnebel über der Landschaft. Die entfernten Wälder waren noch teilweise im Morgendunst verborgen und auf den Wiesen glitzerte der Tau im aufgehenden Sonnenlicht. Eifrige Morgenboten zwitscherten pure Lebensfreude aus ihrem Gefieder und versprachen einen wunderschönen Sommertag.

Auf dem Pfad, der sich zwischen den Wiesen und Bäumen höher zum Backofenberg schlängelte, waren trotz der frühen Stunde zwei Pilzsucherinnen unterwegs. Die eine, jung, halblanges, modisch geschnittenes Haar, trug wie ihre Begleiterin praktische Stoffhosen mit vielerlei nützlichen Taschen an den Seiten, eine gleichfarbene Freizeitjacke und derbe Halbschuhe.

Ihre Augen blitzten vor Verliebtheit. Die Größere hatte kurzes blondes Haar, ein braungebranntes gleichmäßiges Gesicht und trug einen halbvollen Korb mit Pilzen am Arm und einen prallen Wandersack auf dem Rücken.

„Riechst du das?" Wohlig reckte Sarah Geppart ihre Nase in die Luft und schnupperte angeregt. Die größere Petra blieb stehen, zog forsch den Atem ein und schüttelte dann verständnislos den Kopf. „Nö, ich riech' nichts!"

„Es duftet nach Morgenluft, Wald und auch ein bisschen nach Achselschweiß!" Sarah zwinkerte Petra zu.

„Kein Wunder, der Sack wiegt mindestens zwei Zentner", brummte sie gutmütig. „Du musstest ja wieder den für-alle-Fälle-Kram einpacken!"

„Nein, nur einen Imbiss für unterwegs und ausreichend Getränke. Es wird wieder ein heißer Tag werden, da kann man gar nicht genug trinken … Oh, sieh doch nur!" Mit einem Aufschrei hockte sich Sarah hin und betrachtete eine kugelförmige Pflanze. „Das ist eine Pusteblume. Ich liebe Pusteblumen, die erinnern mich immer an die Ferien bei meinen Großeltern. Ist sie nicht schön?"

„Für mich sieht's wie 'ne Distel aus!"

„Banausin", schimpfte liebevoll Sarah.

„Schuldig", bekannte sich Petra und stemmte die Daumen unter die Riemen ihres schweren Sackes auf dem Rücken. „Ich hab' keine Ahnung von Grünzeug, das wild auf den Wiesen wächst, aber ich weiß, dass uns're Tiere gern' von fressen."

„Ja, das stimmt." Sarah nickte eifrig. „Doch für uns Menschen ist ihr Saft giftig. Aber schau nur, wie hübsch sie aussieht." Sarah pflückte den Stängel und führte die Blume zum Mund.

„Na, ich weiß nicht, ob ich deinem Sinn fürs Schöne trauen soll, Hase. Schließlich findest du sogar Brennnesseln schön", ließ Petra von sich hören und schaute amüsiert zur Frau rüber, die mit einem langen Luftzug die kugelige Blüte anblies. Sarah blickte den davonfliegenden Schirmchen seufzend hinterher. „Das sind sie ja auch! Jedes Blatt sieht anders aus. Außerdem sind sie gesund! Man kann Suppe aus Brennnesseln kochen."

„'Ne ordentliche Boulette mit Stampfkartoffeln ist mir lieber, dazu in Butter zerlassener Porree, fein mit Mehlschwitze angedickt, und als Nachtisch Rote Grütze mit Vanillesoße. Aber bitte,… ", seufzte Petra. „… wenn dir diese Pusteblume so sehr gefällt, dann nimm' doch eine mit und press' sie in dein Herbarium."

„Oh nein, das geht doch nicht. Wie soll ich eine Pusteblume pressen, ohne dass sie auseinander fällt. Eine Pusteblume ist eine Pusteblume, damit man sie anpusten kann, sich etwas wünscht und die fliegenden Schirmchen Grüße zur Liebsten tragen. Das vermag keine gepresste Pusteblume in einem Buch", wies Sarah, sichtlich über das Unverständnis ihrer Frau Petra wütend geworden, trotzig zurück.

„Das ist Pech." Petra zog versöhnlich Sarah an sich und gab ihr einen liebevollen Kuss. „Dann musst du dich wohl mit mir begnügen und mich mit heimnehmen."

„Aber zwischen meine Bücher presse ich dich auch nicht, Liebste!" Sarah lachte Petra fröhlich an. „Ich freue mich so sehr, dass wir heute einmal freimachen und in die Pilze gehen können!"

„Das war auch höchste Zeit! Schließlich war'n wir schon seit Wochen nicht zusammen im Grünen", seufzte Petra.

„Genau genommen, seit unseren Flitterwochen … Mensch, ist es wirklich schon sieben Wochen her, Liebste? Irgendwie kommt es mir vor, als würdest du schon immer zu meinem Leben gehören."

Petra drückte Sarah fester an sich. „Und du zu meinem, Hase. Wie gut, dass du im letzten Winter genug vom Matschwetter der Großstadt hattest und zum Wandern in's Dorf gekommen bist. Wie du da halberfroren an der Bushaltestelle standest, hab' ich mich sofort in dich verliebt."

Sarah kniff nachdenklich die Augen zusammen. „Wann war das eigentlich?"

„Als du noch 'mal hier warst und versuchtest, die Bürgermeisterin auf der Gemeindeversammlung zu beschwatzen, ein Naturschutzgebiet für seltene Wiesenblumen in uns'rer Gegend einzurichten."

„Stimmt! Sie war nicht gerade begeistert von meiner Idee", bemerkte Sarah nachdenklich.

„So war's nicht, Hase. Sie war nicht gewohnt, dass jemand aus der Stadt sich für solche Dinge einsetzt. Du warst ihr nur 'n wenig zu ... zu forsch. Sie fand kaum Gelegenheit, dir zu sagen, dass hier fast alles ein Naturschutzgebiet ist." Blaue Augen blickten fest ins Gesicht der kleineren Frau. „Und nun geb' ich dich nicht mehr her, Sarah. Nie und nimmer! Ein halbes Jahr zwischen Berlin und Tremsdorf hin und her zu fahren und dir Briefe zu schreiben, war genug. Das war 'ne Ewigkeit!" Sie drückte liebevoll ihre Geliebte an die Brust.

Sarah überkam ein verliebtes Lächeln, sodass sich zwei Grübchen auf ihren Wangen abzeichneten. Ihr ganzes Herz schlug für die fleißige Jungbäuerin. Alles könnte so wundervoll sein, dachte sie. Wenn sich doch nur die Eltern mit uns freuen würden! Petra schien ihre Gedanken erraten zu haben: „Meine Eltern kommen schon mal den Tag ohne uns aus."

„Ohne mich ganz sicher." Sarah konnte ein leises Seufzen nicht zurückhalten. Sie tat was sie konnte, um sich im Haus und der Wirtschaft ihrer Schwiegereltern einzuleben und nützlich zu machen.

Vor Jahren, nach den politischen Veränderungen in Ostdeutschland, wurden die staatlich geführten Landwirtschaftsbetriebe geschlossen. Die Bauern verloren ihre Arbeit und nicht wenige siedelten ins nahe Potsdam oder Berlin um, manche noch weiter bis nach Westdeutschland. Petras Eltern blieben in Tremsdorf und wirtschafteten mit einigen Nutztieren sowie Obst und Gemüse. Wochenendausflügler der nahen Großstädte kauften bei den Landleuten frisch Geerntetes und ließen sich dabei wohlwollend mit Kaffee und Kuchen bewirten.

Daraus wuchs in den letzten Jahren ein expandierender Familienbetrieb. Als gelernte Melkerin kümmerte sich Petra um die Tiere und den Anbau. Trotz der für sie positiven Veränderungen im Dorfe, blieben die Städter für Petras Familie unliebsame Fremde, so auch Sarah.

Wie sollte es ihr gelingen, die Zuneigung der Familie zu erringen, wenn sie immer nur das Schlechteste von ihr dachten? Erst gestern Abend hatte die Schwiegermutter wieder gestichelt, erinnerte sich Sarah, sie würde Petra von der Arbeit abhalten und prophezeite, dass sie früher oder später den Untergang der Wirtschaft heraufbeschwören würde.

„Hab' Geduld mit den Eltern", bat Petra und drückte Sarah noch fester an sich. „Seit meine Schwester nicht mehr da ist, sind sie 'n bisschen schwierig geworden. Zudem sind sie mit wenigen Ausnahmen die letzten Ur-Dörfler. Seit Generationen bewohnen ihre Familien das Nuthetal. Nie sind sie hier rausgekommen. Haben immer nur gearbeitet. Kennen nichts als deren Hof und das Leben hier ... Ich war wenigstens bei der Ausbildung mal draußen, hab' meine Schulzeit durchweg in anderen Orten verbracht."

„Das verstehe ich ja und ich möchte gerne mit ihnen auskommen, aber manchmal glaube ich, das ist unmöglich. Sie mögen mich eben nicht, weil ich hier fremd bin", sprudelte sie hervor. „Dabei würde ich gerne alles lernen, was auf dem Hof vonnöten ist; wie man die Kühe melkt, den Hühnern Futter streut, die Eier einsammelt oder den Schweinen das Fressen bereitet. Ich könnte beim Anbau des Gemüses helfen, die Obstbäume beschneiden oder mit der Ware handeln. Im Moment fühle ich mich auf eurem Hof absolut überflüssig, verstehst du das?"

„Es ist jetzt unser Hof, uns're Wirtschaft und unser Heim!", verbesserte Petra. „Außerdem musst du nicht arbeiten, das sagte ich dir schon. Ich schaffe genug für uns zwei."

„Trotzdem würde ich mich mehr nützlich machen wollen."

„Dann sag's meiner Mutter. Sie zeigt dir sicher alles, bestimmt sogar."

„Glaubst du?", Sarah zog skeptisch eine Braue hoch. „Na, ich weiß nicht."

„Lass ihr Zeit, Hase. Spätestens wenn sich Sprössling Nummer eins ankündigt, wird sie dich ins Herz schließen."

„Was meinst du mit Nummer eins?", neckte Sarah, sichtlich fröhlicher. „Wie viele Kinder möchtest du denn?"

„Mindestens vier!"

„So, und habe ich da kein Wörtchen mitzureden?"

„Sicher, drei sogar! Und zwar: Ja, ich will!"

Plötzlich sah Petra ihre Frau besorgt an. „Oder hast du es dir anders überlegt? War unser Handeln in den Flitterwochen doch zu verfrüht?"

Sarah schüttelte lebhaft den Kopf, dass ihr braunes Haar über das rundliche Gesicht flog. Da umfasste Petra die schmale Taille ihrer Frau und wirbelte sie im Kreis bis beide aufjauchzten und sich dabei ins taufrische Gras fallen ließen. Dann gab sie ihr einen liebevollen Kuss auf die Stirn. „Nichts darf uns jemals trennen", hauchte sie, wenn auch etwas übertrieben, dennoch zärtlich und ernsthafter hinterher. „Ich geb' dich für nichts auf der Welt wieder her."

Ihr geschlossener Mund tastete kaum spürbar das Gesicht ihrer Frau ab. Besonders lange liebkoste sie die geschlossenen Augen. Sie spürte, wie Sarah diese Intensität genoss und dehnte ihre Bemühung aus, diese Stimmung zu halten. Mit der Hand streifte sie vorsichtig Sarahs Oberkörper entlang, bis sie an die rundlichen Wölbungen unter ihrer Jacke gelangte. Mit zwei Fingern streifte sie die offene Jacke zur Seite. Die ganze Handfläche umschloss nun mit einem sicheren Druck ihre gesamte Brust. Durch den dünnen Stoff fühlte sich die warme Haut, das straffe Fleisch, einfach nur gut an. Sarahs Oberkörper reagierte, indem er sich lustvoll regte. Petra wusste, wie sie diese Wallungen jetzt voranbringen könnte und nahm spielerisch von Sarahs Mund Besitz. Ihre zweite Hand bewegte sich nach unten und schob Sarahs Becken genau unter sich. Gleichmäßig drückte sie mit sanftem Druck gegen den Unterleib ihrer Geliebten.

Sarah schaute auf und zwinkerte ihr geheimnisvoll zu. „Du, was unsere Flitterwochen und Sprössling Nummer eins angeht,... ", sie stemmte sich hoch und stützte sich auf ihren Ellenbogen ab. „... da muss ich dir was sagen. Ich ..." Sie unterbrach sich mit einem erschrockenen Aufschrei und zeigte hinüber zum Waldrand. „Ach herrje, Petra, da ist was passiert!"

Petra folgte mit dem Blikk Sarahs ausgestreckter Hand und zuckte zusammen. Aus dem Dickicht taumelte ein hochgewachsener Mann, in einem hellen Sommeranzug gekleidet. Er hatte halblanges, nach hinten gegeltes Haar und war offenkundig nicht aus der Gegend. Auf einem kräftigen Stock stützend bewegte er sich vorwärts. Als der Fremde das Paar auf der Wiese entdeckte, riss er den Arm hoch und keuchte: „Hallo! Bitte, können's mir helfen!" Dann sackte er vorn über und landete auf seinen Knien.

Sarah rappelte sich als erste aus ihrer Position, ergriff die Hand ihrer Frau und zog sie hoch.

„Komm, mein Mädchen!", drängte sie, „wir müssen zu ihm! Schnell!"

Petra nickte ernst. Sie hatte bemerkt, dass das Jackett des Fremden mit Blut besprenkelt war.

***

„Hoch mit dir, mein Schatz! Das Frühstück ist fertig." Marion Mucker beugte sich über den dunklen Wuschelkopf, der unter der Bettdecke hervorlugte, und tupfte zärtlich einen Kuss auf das Ohr, die einzig erreichbare Stelle ihrer Geliebten, die nicht unter der Decke vergraben blieb.

„Es kann noch nicht Morgen sein!", grummelte es aus dem Lockendickicht.

„Sieben Uhr ist es", erwiderte Marion Mucker. „In einer Stunde will ich unten öffnen."

„Sag ich ja, es ist mitten in der Nacht." Stöhnend zog Dunja Seles die Decke wieder höher. Ein liebevolles Lächeln erhellte das Gesicht der Wartenden. Ihre Geliebte war herzensgut, immer für ihre Lieben da und obendrein eine gute Bürgermeisterin.

Damals, während der Wirren des Bürgerkrieges im ehemaligen Jugoslawien, kam die studierte Volkswirtin mit dem Bruder und der Mutter nach Deutschland. Eine behördliche Verfügung brachte Familie Seles nach Tremsdorf, wo sie mit Hilfe einiger Gemeindemitglieder versuchten, sich anzusiedeln. Anfänglich eröffneten die Seles im stillgelegten Dorfkrug einen Balkan Imbiss, doch der Wegzug vieler Bauernfamilien und die ungewohnte Küche ließen das Geschäft bald wieder scheitern.

Trotz anfänglicher Skepsis den Neuen gegenüber verschaffte sich Dunja Seles mit der Zeit einen guten Ruf im Dorf. Ihr Temperament, das unaufhörliche Interesse und ihr richtiges Gespür, mit dem sie sich für die Sorgen der erwerbslosen Bauern einsetzte, die oft übereilt ihr Hab und Gut an Geschäftemacher aus dem Westen verscherbeln wollten, überzeugte bald jeden Einheimischen. Schnell erkannte die schlaue Jugoslawin die Tricks dieser Glücksritter in den dunklen Limousinen und gab den Bewohnern hilfreiche Ratschläge, um sich nicht länger übers Ohr hauen zu lassen.

Anders der einstige Bürgermeister, der schon Jahre zuvor einen unrühmlichen Abgang tätigte, indem er sich nach undurchsichtigen Maklergeschäften mit der Gemeindekasse ins Nirgendwo abgesetzt hatte. Die entsetzten Tremsdorfer konnten sich noch Jahre danach auf keine Bürgervertretung einigen, da sie nun gar niemandem mehr trauen mochten.

Erst der Vorschlag ihres damals noch 5-jährigen Sohnes brachte Marion Mucker auf die Idee, die schöne Jugoslawin als Bürgermeisterin zu werben. Von diesem Gedanken zunehmend fasziniert, beriet sich Marion Mucker mit ihrer Sprechstundenhilfe.

Ebenfalls begeistert von dieser Idee zählte Schwester Agnes euphorisch die vielen Vorteile an ihren Fingern auf und betonte die entscheidende Tatsache, dass Frau Doktor eh schon lange ein Auge auf die schöne Jugoslawin geworfen habe. Trotz versuchter Einwände übertönte Schwester Agnes ihre errötete Gesprächspartnerin mit den Argumenten, dass durch die intensivere Zusammenarbeit folglich ein engerer Kontakt zwischen den beiden wichtigen Persönlichkeiten der Gemeinde mit absoluter Sicherheit möglich wäre. Punkt!

Nach Luft schnappend wiederholte die an ihre Grenzen empörte Ärztin mit zorniger Miene die Bedeutung dieser Idee für die gesamte Dorfgemeinde. Mit einem grinsenden Nicken drängte die rundliche Schwester ihre schimpfende Arbeitgeberin aus der Tür und wies ihr freundlichst den Weg, die Straße hinunter, in Richtung des zweistöckigen Wohnblockes, den die Seles' behausten. „Nu los!"

Dieses ereignisreiche Zusammentreffen beider Frauen, welches nicht nur für ganz Tremsdorf alles verändernde Folgen haben sollte, geschah vor vier Jahren. Es wurde ein unerwartet erfreulicher Abend. Mit Wein und nur wenig Gerede gelang es Marion Mucker, Dunja Seles für das Amt zu werben und ihr Herz für sich zu gewinnen.

Erneut an diesem Morgen versuchte Marion Mucker, ihre Geliebte aus dem Bett zu locken. Die Ärztin war inzwischen mit einer hellen Jeanshose und einer weißen Bluse bekleidet, die ihre gebräunte, sportliche Gestalt betonte. Ihre dunkelbraun gewellten Haare, die schon gelegentlich silberne Strähnen freilegten, glänzten noch feucht von der Dusche.

„In der Küche warten Kaffee und frische Knüppel", lockte sie mit einer anderen Taktik. „Außerdem drei quietschfidele Rabauken!"

Erst vor zwei Jahren holte sich das glückliche Paar Kinder zur Pflege. Das Geschwisterpaar überlebte einen Verkehrsunfall auf dem Berliner Ring, wobei die Eltern und ein tollwütiger Igel ums Leben kamen. Anfangs hatten die Zwillinge es nicht einfach, sich im neuen Zuhause einzuleben. Ganz unerwartet gab es für sie einen größeren Bruder, ein neues Elternpaar und Landleben pur. Doch alle gaben sich große Mühe mit den Zwillingen, auch Friedrich. Anfangs beäugte der zwei Jahre ältere Sohn der Ärztin den Familienzuwachs im Doppelpack ziemlich argwöhnisch. Ließen doch die Kleinen den Jungen trotz seiner fürsorglichen Bemühungen einfach links liegen. Aber einmal gerieten die Zwillinge unbeaufsichtigt in ein Gatter und wären beinahe von einem wildgewordenen Pferd zertrampelt worden. Friedrich sah als einziger die drohende Gefahr angaloppieren. Im letzten Moment konnte er das Pferd ablenken und rettete dem Paar womöglich das Leben. Friedrichs heldenhafte Tat wurde von den erschrockenen Zwillingen bis zum heutigen Tage umjubelt und bann seither eine geschwisterliche Freundschaft auf ewig.

„Kaffee?", kam es undeutlich aus der Decke hervor. Dann bewegte sich das Federbett und ein verschlafenes Gesicht tauchte auf. „Kann ich einen Liter für mich alleine haben?"

„Alles was du willst, mein süßes Knautschgesicht!" Marion Mucker gab ihrer Geliebten einen herzhaften Kuss irgendwo zwischen die Haare.

„Das hört eine Frau gerne." Dunja Seles schenkte so gut es ging ein liebevolles Lächeln zurück.

Unvermittelt tappten leise Tritte aus dem Flur heran und ein Mops kam reingewackelt. Er trug eine rosarote, mit Schmucksteinen verzierte Leine in der Schnauze, die er am Bett plumpsen ließ. Dann knurrte er auffordernd.

„Wir gehen ja gleich, Peggy", versprach Marion Mucker.

Dunja seufzte leise, murmelte etwas von „grässlich munteren Mitbewohnern" und schwang die Beine aus dem Bett, um ins Badezimmer zu verschwinden.

Unterdessen trat Marion Mucker ans Schlafzimmerfenster und stieß es weit auf, um die frische Morgenluft hereinzulassen. Draußen erwachte das Dorf langsam zum Leben. Eine Bäuerin strebte mit ihrem Einkaufskorb zum Lebensmittelbus, der in Kürze im Dorf ankommen sollte. Der alte Sielaff, einst Leiter der ehemals ansässigen Fischzucht, schmauchte vor seinem Haus genüsslich sein erstes Pfeifchen. Von der alten Dorfuhr am Löschhaus klang ein Glockenschlag zur halben Stunde heran. Die Wiesen ringsum lagen noch immer im leichten Dunst.

Es sieht aus, als hätte soeben eine Göttin die Welt sinnlich angehaucht und will nun mit dem Ärmel darüber wischen, um sie blank zu putzen, dachte Marion Mucker versonnen. Sie liebte diese Landschaft und hätte nirgendwo anders mehr leben mögen. Ein entfernter Onkel vererbte ihr vor vielen Jahren das Haus mit Grundstück. Doch erst nach dem Studium zog sie von Cottbus ins entfernte Tremsdorf bei Potsdam.

Plötzlich erregte eine Bewegung auf der einzigen Straße im Dorf ihre Aufmerksamkeit. Zwei Gestalten eilten auf ihr Haus zu und stützten eine dritte Person in der Mitte, die sich anscheinend kaum noch auf den Beinen halten konnte.

Mensch, sind das nicht Sarah und Petra Geppart? Wen bringen die mir denn da?, dachte sie und spähte den Dreien entgegen. Der Fremde war kalkweiß und hatte verdächtig rote Flecken auf der Jacke. Er schien kaum bei Besinnung zu sein. Das sah ganz und gar nicht gut aus! Was war da passiert?

Marion Mucker vergaß ihr Frühstück und beeilte sich hinunter zu kommen, um ihnen die Haustür zu öffnen. Peggy schnappte ihre Leine und sauste ihr nach. An der Haustür stand bereits Bogdan Seles. Der silberhaarige Wirtschafter des Grundstückes hatte bereits die kleine Gruppe vom Werkzeugschuppen aus kommen sehen und die richtigen Schlüsse gezogen.

„Bogdan, gehst du bitte mit Peggy Gassi?", bat die Landärztin den Bruder ihrer Geliebten. „Ich glaube, ich komme heute früh nicht dazu."

„Klar doch", nickte Bogdan Seles gutmütig. Peggy bellte, als sie ihren Namen hörte, und wedelte so heftig mit dem gekrümmten Schwänzchen, dass sie beinahe umfiel.

„Ist ja gut, du dickes Faltenpaket", begütigte Bogdan. „Wir gehen ja schon …" Er griff nach der glitzernden Leine und verließ mit der kleinen Mopsdame das Haus, kurz bevor die Gepparts den Verletzten hereinbrachten.

„Wie gut, dass Sie schon wach sind, Frau Mucker!", atmete die Jungbäuerin auf.

„Wir haben den Fremden im Wald beim Backofenberg gefunden. Er ist verletzt und verliert furchtbar viel Blut!"

„Was ist denn passiert?"

„Das wissen wir auch nicht. Er kam einfach auf uns zugetaumelt."

„Bringt ihn ins Behandlungszimmer." Marion Mucker ging rasch voran, um die Türen zu öffnen. Die Praxis lag im Anbau des Wohnhauses. Zwar begann ihre Sprechstunde offiziell erst in einer knappen Stunde, doch daran dachte sie jetzt nicht mehr. Sie hatte immer ein offenes Ohr für ihre Patienten. Aus diesem Grund wurde sie in der ganzen Region ein wenig scherzhaft, aber ganz sicher auch respektvoll „Die Landärztin" genannt.

Petra bettete den Verwundeten auf die Liege im Sprechzimmer und trat unschlüssig zurück.

„Ich kümmere mich um ihn", versprach Doktor Mucker und begab sich neben ihren Patienten. Mit einer Schere schnitt sie die inzwischen blutgetränkte Jacke und das Hemd auf, um ihn auf weitere Wunden zu untersuchen. Die am Ohr hatte sie bereits wahrgenommen und gleich erkannt, dass sie zwar stark blutete, aber nicht lebensgefährlich sein konnte. „Sie können sich später nach ihm erkundigen. Ich muss ihn erst einmal versorgen und klären, was los ist."

„Glauben Sie, er kommt durch?", fragte Sarah besorgt.

„Ich hoffe es."

„Komm, Sarah, lass Doktor Mucker ihre Arbeit tun." Sanft zog Petra ihre Frau mit sich, und einen Moment später fiel die Tür hinter ihnen ins Schloss.

Der Fremde stöhnte leise, als Marion Mucker vorsichtig den blutenden Arm freilegte. Seine geschlossenen Lider flatterten. Er schien nicht bei Bewusstsein zu sein. Sein Gesicht war fahl und grau, tiefe Falten gruben sich in seine verschwitzte Stirn.

„Tssss... Das schaut nicht gut aus", murmelte die Ärztin vor sich hin, als sie die offene Wunde außen am Oberarm des Mannes betrachtete. „Da muss sich ein spitzer Gegenstand hineingebohrt haben!"

Zuerst musste sie etwas gegen die Blutungen des Mannes unternehmen! Vorsichtig machte sie sich daran, die Wunde am Ohr zu versorgen. Dabei stellte sie einen längeren tiefen Riss vor dem Ohr fest, der für das viele Blut im Gesicht verantwortlich war. Sie säuberte den Rand und legte einen lockeren Verband darauf. Sanft drückte sie ihn, um das Blut abzufangen und zu verhindern, dass noch mehr am Gesicht herunterlief. Marion Mucker war klar, dass sie dies noch einige Male wird tun müssen, bis Schwester Agnes ihren Dienst begann.

Die Landärztin wendete sich wieder dem Arm zu. Auch hier galt für sie: Alles säubern und die Blutung stillen. Wahrscheinlich muss bei dem inzwischen hohen Verlust noch eine Transfusion her, vermutete die konzentrierte Medizinerin.

Nachdem sie sich vergewissert hatte, alle Verletzungen diagnostiziert zu haben, versorgte sie geschickt eine Wunde nach der anderen.

Sie war gerade damit fertig, als sich der Fremde plötzlich regte und die Augen aufschlug. Verwundert blickte er hoch.

„Mei, was ist passiert?", krächzte er.

„Sie müssen auf einen spitzen Gegenstand, vermutlich einen Stein, gefallen sein", erklärte die Landärztin. „Jedenfalls haben Sie Verletzungen am Arm und vor ihrem rechten Ohr ebenfalls. Sie wurden in meine Praxis gebracht. Mein Name ist Mucker, Dr. Mucker. Ich habe die Wunden gesäubert und vorläufig versorgt. Wenn meine Sprechstundenhilfe erscheint, werden wir weitere Behandlungen vornehmen müssen."

„Verletzungen? ... Stein?" Der Fremde runzelte die Stirn. „Oh ja, jetzt erinner' i mich. I wollt' spazieren gehen, aber dann hat mir jemand ins G'sicht g'schossen."

„Geschossen? Wie bitte?!", stieß die Ärztin entsetzt hervor. „Und Sie haben gesehen, wer das war?"

„Aber sicher! I hab' den Lausbuben davon flitzen sehen. Wie der heißt, weiß i natürlich nicht, aber das find' i 'raus. So groß ist des Dorf nicht."

„Wollen Sie Anzeige erstatten? Ich kann gleich mal nach Krueger schicken."

„Nein, das regle i lieber selbst. I werd' dafür sorgen, dass der Rotzlümmel eine Tracht Prügel bekommt, eine, die er sei' Lebtag nimmer vergisst!"

„Prügel hilft nichts. Der Junge muss erfahren, wie gefährlich es ist, mit Waffen zu spielen."

„Nix für ungut, Frau Doktor, aber von neumodischer Erziehung und langen Gesprächen halt i nix." Der Fremde betastete vorsichtig seine Schulter. „Nix ist so wirkungsvoll wie ein wundes Hinterteil. Des vergisst man nicht so leicht wie eine lange Ansprache, glauben's mir."

Marion Mucker wiegte zweifelnd den Kopf.

„Wie schlimm ist's? Sie, Frau Doktor, sagen's schon!", forderte der Fremde zu wissen.

„Ich denke, Sie hatten Glück im Unglück. Der Schuss streifte Sie leicht im Gesicht und ging nicht ins Auge. Das kann nur ein leichtes Geschoss gewesen sein. Dennoch, durch den Schreck verloren Sie wahrscheinlich ihr Gleichgewicht und stürzten vermutlich auf einen spitzen Stein, der Ihnen die tiefe, aber ungefährliche Wunde im Arm bescherte. Beides müssen wir dennoch nähen. Mit ein paar Tagen Ruhe und etwas Behandlung sind Sie dann auch bald wieder auf'm Damm."

„Des hör' i gern." Der Fremde richtete sich umständlich auf und strich sich über das aufgeschlitzte Hemd. „Mein Name ist übrigens Ingo Bräuer, aus Passau. Eigentlich bin i da, weil i in der Gegend auf der Suche nach einem Grundstück bin. Besitze bereits mehrere Pferdepensionen in verschiedenen Teilen des Landes und plane nun, mit einem neuen Reiterhof plus Gasthaus, mit allem Pipapo, hier im Ort, eine wunderschöne Reiterwanderroute durch ganz Brandenburg abzuschließen. Na, was sagen's dazu?"

„Da werden Sie kein Glück finden. Der Gemeinderat stimmt keinen weiteren Fremdbauten zu, um die idyllische Ruhe im Dorf zu wahren."

„Pah, des ist meine geringste Sorge. Dieser Reiterhof mit Pension wär' sehr exklusiv, nur für besond're Gäste halt, versteht sich, kein Riesenkomplex. Ruhe inklusive!"

Interessiert sah sich der Geschäftsmann um. „Ihr Haus ist wunderschön, soweit i des in meinem benebelten Zustand mitbekommen hab'. Mit einigen Umbauten könnt' man d'raus genau des verwirklichen, was mir vorschwebt, und des große Grundstück hier hinterm Fenster wäre direkt passend dazu. Zumal die Gegend wahrhaft idyllisch ist. Wollen's mir des alles für ein ordentliches Sümmchen überlassen?"

„Ich soll Ihnen mein Haus verkaufen?" Verblüfft sah Marion Mucker ihren Patienten an.

„Freilich, junge Frau, i mach' Ihnen einen guten Preis."

„Vielen Dank, aber mein Haus ist nicht zu verkaufen."

„Sind's sicher?!"

Der Geschäftsmann nannte einen Kaufbetrag, dass man zumindest darüber hätte nachdenken können. Doch die Landärztin schüttelte entschieden den Kopf.

„Dies hier ist das Zuhause meiner Familie. So etwas ist unbezahlbar. Das gebe ich für kein Geld der Welt her."

„Wirklich?" Ingo Bräuer schaute enttäuscht drein. „Schade, aber da kann man wohl nix machen. I find' bestimmt noch ein anderes, vielleicht sogar geeigneteres Objekt, hier im Dorf, versteht sich."

Das befürchtete die Ärztin allerdings auch.

***

„Da seid ihr ja! Dachte schon, ihr kommt heut' gar nicht mehr!" Vorwurfsvoll sah Bernd seiner Schwägerin entgegen. Er war eben mit einem Melkschemel in der Hand aus dem Stall gekommen und strich sich eine blonde Haarsträhne aus der Stirn, die sich unter seiner Mütze hervorstahl.

„Unser Ausflug in die Pilze hat 'n bisschen länger gedauert", begann Petra dem Bernd zu erklären. „Wir mussten heut' früh sogar noch 'mal umkehren, weil wir 'nen verletzten Mann im Wald gefunden haben."

„So? Wen denn?" Der Schwager horchte auf.

„Einen Fremden. Wahrscheinlich 'ne Boulette, zumindest ein Städter. Jemand hat ihn angeschossen."

„Angeschossen? Hier bei uns im Dorf?" Skeptisch runzelte der Einunddreißigjährige die Stirn. Er lebte seit neun Jahren auf dem Hof und ließ es Sarah keine Sekunde vergessen, dass er die älteren Rechte hatte. Seit dem Unfalltod seiner Frau vor zwei Jahren war er mürrisch und verbittert geworden. Nur noch seine Tochter und die Arbeit schienen sein Lebensinhalt zu sein. Jule war Ende acht und ein stilles, verträumtes Mädchen seit dem Verlust ihrer Mutter geworden.

„Wo sind die Eltern?", erkundigte sich Petra bei Bernd und ließ ihren schweren Rucksack von den Schultern gleiten.

„Draußen, bei den Bäumen. Pflücken Ware für heut' Nachmittag. Deshalb ist auch das Essen noch nicht fertig, da ich mich auch noch um die Tiere kümmern musste. Zum Glück war heut' noch nicht viel Kundschaft da."

„Schade, ich habe nämlich einen Bärenhunger."

„Ich kann doch für uns kochen", bot sich Sarah an.

„Du?" Bernd sah sie zweifelnd an. „Ich dachte, du verstehst nur von Unkraut 'was."

Sarah wurde rot. Sie schluckte eine heftige Erwiderung hinunter, die ihr auf der Zunge lag.

„Es wird euch schon schmecken", verkündete sie gespielt munter.

„Wir haben aber heut' früh nichts eingekauft und der Lebensmittel-bus ist schon weg", warnte der Schwager.

„Macht nichts, dann gehe ich rasch ins Dorf und frage bei ein paar Nachbarn nach Zutaten." Entschlossen gab Sarah ihrer Frau einen Kuss. Dann machte sie sich auf den Weg. Ihre Füße schmerzten wegen der langen Wanderung und sie fühlte sich verschwitzt und schmutzig, doch die Freude über die Möglichkeit, für ihre Familie zu kochen, beflügelte sie. Normalerweise ließen sich weder Schwiegermutter noch Bernd das Zepter für die Küchenarbeit aus der Hand nehmen. Deshalb war Sarah gewillt, etwas besonders Gutes zuzubereiten.

Der Bittgang durchs Dorf erwies sich als erfolgreich. Mit einem vollen Korb und einer außergewöhnlichen Kochidee, die sich beim Nachfragen entwickelte, kehrte sie wenig später freudestrahlend zurück.

Das Anwesen der Gepparts lag auf einer kleinen Anhöhe etwas abseits vom Dorfzentrum. Die Anhöhe bot einen wundervollen Blick über umliegende Wiesen und Felder. Ein nachträglich angebauter Balkon zog sich an drei Seiten um das Haupthaus. Üppig bunte Stiefmütterchen blühten in den Blumenkästen. Von der Weide drang ein sattes, zufriedenes Muhen der letzten beiden Kühe der Familie.

Jule hockte auf dem untersten Ast des alten Walnussbaumes vorm Haus und schaukelte mit den Beinen. Neben ihr saß Musch, Jules rotgefleckter Schmusekater, der gelegentlich mit seinen müden Augen blinzelte, um die Gegend nach Ungewöhnlichem abzumustern. Mit ihren kurzen blonden Haaren und den braunen Augen ähnelte das Mädchen ihrer verstorbenen Mutter sehr, nur das eckige Kinn hatte sie vom Vater geerbt. Lustlos warf sie eine unreife Nuss in die Luft und ließ sie zu Boden plumpsen. Musch war begeistert und setzte zum Sprung an.

„Julchen, warum bist du bei dem schönen Wetter nicht mit deinen Freunden unterwegs?"

„Keene Lust", kam es kleinlaut zurück.

„Du wirst uns doch nicht etwa krank werden?" Sarah stellte ihren Korb ab und half Jule beim Runterklettern. Sie fühlte ihre Stirn. „Heiß bist du nicht. Tut dir vielleicht etwas weh?"

„Nö, mag heut' nur nicht ins Dorf gehen."

„Warum denn nicht? Hast du vielleicht Ärger mit Friedrich?"

Stumm schüttelte die Achtjährige den Kopf.

Irgendwas bedrückt sie, stellte Sarah fest. Aber wie es aussieht, mag sie nicht darüber reden. Musch haute mit einem gekonnten Tatzenangriff die Nuss zur Seite, um sie in ihrer Spieltauglichkeit zu testen.

„Möchtest du mir vielleicht beim Kochen helfen? Es gibt asiatische Küche", lud Sarah das Mädchen ein.

„Da wird Oma aber meckern."

Sarah unterdrückte ein Seufzen. „Es wird ihr schmecken."

„Glaub ich nicht", brummelte Jule und folgte ihr lustlos in die Küche. Musch stolzierte hinterher. In der nächsten Stunde kochten sie mit zunehmendem Eifer, dass es nur so rauchte und scheppte.

Als sich die Familie später um den Esstisch versammelte, stellte Sarah die gefüllten Teller auf den Tisch und sah erwartungsvoll in die Runde. Sie hatte sogar Stäbchen von der Kruegern besorgen können, für alle Fälle aber auch Messer und Gabel bereit gelegt. Das Essen duftete verführerisch. Sie war sich sicher, dass es ihrer Familie schmecken würde.

„Greift zu!", forderte sie auf.

Musch saß auf der Küchenbank am Fenster und reinigte sich geschäftig die rechte Pfote. Sarahs Schwiegermutter beäugte derweil von allen Seiten das bunte Vielerlei auf dem vor ihr stehenden Teller.

„Wat is'n dit?", fragte sie, ohne ihr Entsetzen zu verhehlen. Gabriele Geppart war eine hagere Frau mit einem strengen Gesicht und dunkelblonden Haaren, die sie zu einem straffen Knoten hochgesteckt hatte.

Lothar Geppart saß zögernd vor seinem Teller, die Brille tief auf die Nase geschoben, um das Essen genauer beäugen zu können. Der Frührentner, noch ein stattlicher Kerl mit weißem dichten Haar, war einst leitender Besamer der staatlichen Rinderzucht und folglich für den Kälbernachwuchs der gesamten Region verantwortlich. Heute hielt er sich noch zwei Kühe, nur so als Hobby, lediglich die Milch nutzt die Familie für den Eigenbedarf.

„Das ist Masala Hähnchen mit extra exotischen Gemüsesorten und Basmati-Reis", erklärte Sarah leise.

„Exvotisch, so so! Hähnchendingsda mit Larifarireis, ja? ... Hm, sieht für mich aus, als stamme es von die Kühe", stieß der sonst so wortkarge Züchter hervor. Vom Geschehen am Tisch völlig unbeeindruckt, sprang Kater Musch von der Bank und verschwand aus der angelehnten Küchentür.

„Es ist ganz frisch zubereitet und gesund", versuchte Sarah zu überzeugen.

Die alte Geppart stocherte mit der Gabel vorsichtig in einem Stück Huhn herum, dann schob sie ihren Teller von sich. „Wat'it sein soll, wollt' ick wissen? Weich jekochte Baumrinde? Nee du, dit tu ick nich essen, für nüscht in'er Welt."

„Aber Mutti, koste es doch wenigstens, es ist köstlich ...", hob Petra kauend an. Doch ihre Mutter wollte nichts mehr hören. „Dieses Essen is 'ne Zumutung!", wetterte sie. „Warum hast'e keen ordentlich'n Braten zubereitet? Oder wenigstens 'n paar Bemmen uff'n Tisch jebracht?"

„Ich wollte euch einmal etwas Gesundes kochen."

„Soll'it heiß'n, meen Essen is nich jut jenuch für dir?", empörte sich Gabriele Geppart.

„So habe ich das nicht gemeint ..."

„Könnt' Sarah ja ein paar Kochstunden geben", erbot sich Bernd im herablassenden Tonfall. Sarah wurde blass. „Das musst du nicht. Ich kann kochen."

„Schon möglich, aber ich red' hier von richtigem Essen", stichelte der Schwager weiter.

„Wär' schön, Bernd", ließ Gabriele Geppart übertrieben liebevoll vernehmen. „Aber dit hilft uns jetzte och nich weiter. Haste wenigstens 'n bisschen Uffschnitt von die Leut' mitjebracht?", wandte sie sich wieder barsch an Sarah.

„Nein, wir haben ja Gemüse und Hühnchen ..."

„Hm. Im Kühlschrank müssten noch Minutensteaks sin. Könnt' uns rasch 'n paar Kartoffeln dazu kochen", erbot sich Bernd und eilte an den Herd.

Bestürzt blickte Sarah von einem zum anderen.

„Mir schmeckt's", versuchte Petra noch mal einzulenken. Doch damit blieb sie die Einzige. Sogar Jule saß unbeteiligt vor ihrem Teller und piekste mit einem Stäbchen in der Nase herum.

Ein dicker Kloß wuchs in Sarahs Kehle. „Kostet das Essen doch wenigstens", bat sie leise.

Ihre Schwiegermutter schüttelte abermals heftig den Kopf. „In dein' Berlin tut man dies'n neumodischen Kram essen, aber dit is nüscht für hier. Dit passt nich zu uns."

Ebenso wenig wie ich, dachte Sarah bedrückt. Unvermittelt spülte eine Welle der Übelkeit über sie hinweg, und sie schloss für einen Moment die Augen.

***

„H ast Hunger, was Frl. Wenke?" Ächzend schnitt Hans Bock einen Kanten Brot ab und warf ihn seiner Hündin zu. Die kleine Mischlingsdame schnupperte daran, bellte einmal kurz auf und trottete beleidigt zu ihrem Korb neben dem Ofen zurück, ohne das Brot angerührt zu haben.

„Wat willst'e denn, kleenet Wenken? Frischen Pansen? Ja, glob'ick ...", stöhnte Hans Bock auf. „Aber wie soll der Pansen herkomm'n, hm? Ick tu'it ja nich 'mal vor de Türe schaffen!" Der alte Bauer ließ matt den Kopf wieder auf sein Kissen sinken und presste die Hand auf seinen schmerzenden Bauch. Schweiß perlte über seine Stirn.

Seine Hündin legte den Kopf auf die Vorderpfoten und sah den Bauern traurig von unten herauf an.

„Nun glotz nich so vorwurfsvoll! Wenn'it nich jeht, dann jeht's nich. Bin eben ni'mehr der Jüngste, verstehst'e?" Er schob sich mit seinen knochigen Fingern einen Kanten Brot zwischen die Lippen und stöhnte vor Anstrengung.

Draußen stand die Sonne schon hoch über seinem Haus. Der Tag war bereits einige Stunden alt. Aus dem Stall drang ein gieriges Quieken und erinnerte ihn daran, dass Clementine noch nicht gefüttert wurde. Auch nach seinen Schafen sollte er eigentlich sehen. Erst letzte Woche lag ein gerissenes Schaf auf der Weide.

Mit letzten Energiereserven verbiss er seine Schmerzen und stand auf. Sofort überfiel ihn heftiger Schwindel, doch er ignorierte ihn und taumelte zur Haustür.

Draußen blendete ihn das Sonnenlicht. Er legte seine knochige Hand vor die Augen und sah sich um. Idyllisch war es hier, weit ab vom Dorf. Sein Grundstück lag abseits von Tremsdorf in einer kleinen Seitenlichtung, so dass keine weiteren Häuser zu sehen waren. Bis ins Dorf hinein wäre es ein Fußmarsch von knapp zwanzig Minuten. Den

24

hatte er schon seit Tagen nicht machen können und mit dem Fahrrad ging es auch nicht mehr. Sein eiserner Vorrat war inzwischen dahingeschmolzen. Bis auf hartes Brot und einen Becher Buttermilch hatte er nichts mehr im Hause.

„Grüß Gott!", rief ihn eine Männerstimme unvermittelt an. Verblüfft spähte der alte Mann gegen das blendende Sonnenlicht und vergaß für einige Augenblicke seine Krämpfe.

„Wen grüß'ick?" Der Bauer sah sich blinzelnd um. „Wer is'n da?"

Ein großer Mann in den Vierzigern trat auf ihn zu. Er trug den linken Arm mit festem Verband in einer Schlinge und war ausgesprochen blass, trotzdem verströmte er die Energie und Unnachgiebigkeit eines erfolgreichen Mannes.

„Mein Name ist Ingo Bräuer, aus Passau", stellte sich der Fremde vor und reichte die gesunde Hand.

„Bock, Tach!", erwiderte der Bauer klapprig den Handgruß. „Und wat will er hier draußen bei mir, der werte Herr aus Passau?", wollte der geschwächte Alte stutzig wissen.

„I bin an Ihr'm Hof interessiert."

„Warum denn? Will'er hier Ferien machen?"

„Nei, nicht doch, guter Mann. I möcht' ihn kaufen."

„Wat will'er?" Vor Überraschung blieb Hans Bock der Mund offen stehen.

„I möcht' den Hof erwerben und zu einem Reiterhof mit Gasthaus umbauen. G'hört der Ihnen?"

„Klar doch! Bleibt och so! Tu hier jeboren sin, versteh'n Se dit? Hab'n Lebtag zusamm'n mit der Frau hier jelebt und will, wie sie, den letzten Furz hier tun!"

Der Fremde tat diesen Einwand unbeeindruckt mit einem Schulterzucken ab.

„Wer lebt noch alles auf'm Grundstück?"

„Meener eener und de Viecher. Reicht och!" Seine Frau war schon vor vielen Jahren gestorben. Und es verging kein Tag, an dem sie ihm nicht fehlte. Kinder hatten sie leider keine mehr, und so war ihm nur noch Frl. Wenkes Gesellschaft geblieben.

Der Geschäftsmann trat einen Schritt zurück und musterte das Anwesen schwärmerisch. „Nach so einem Haus such' i schon seit Monaten! Des ist perfekt für meine Pläne, abgelegen und mit einem herrlichen Ausblick. Idylle pur! Hier können sich meine Gäste vom Ausritt erholen und verwöhnen lassen. Ich will Ihr Haus kaufen, Herr Bock. Unbedingt! Und i muss Sie warnen, i akzeptier' kein Nein."

„Wird'er aber müss'n. Verkoofe überhaupt jar nüscht. An niemanden!"

Die Augen des Fremden verengten sich zu schmalen Schlitzen. „Sie haben noch nicht einmal mein Angebot g'hört."

„Brauch'ick och nich. Nich 'mal für 'ne Million würd'ick den Hof herjeb'n. Hab' mich jeg'n de Nazis jewehrt, de Russen verjagt und mir de Kommunisten vom Halse jehalt'n. Solche Kleinkapitalisten aus'm Westen hab'n bei mir erst recht keene Eisen im Feuer. Hoffe, war jetzt deutlich für den Herrn."

„So, so. Der Hof sieht aber net so aus, als hätten's hier noch irgendetwas im Griff." Der Fremde blickte vielsagend auf die alte Scheune, von der die Farbe abblätterte und weiter zu dem mit Unkraut überwucherten Garten. „Mit meinem Geld könnten's sich eine kleine Wohnung im Dorf leisten. Ein fesches Madel als Pflegerin obendrein."

„Komm' schon zurecht, werter Herr. Hätt'er sich spar'n können, extra aus de Ferne hier anzurücken und mit de Kohle zu winken", wies ihn schroff Bock ab. „Hab' meen Lebtag für mir alleene jesorgt. Uff solch' Almosen bin'ick nich anjewies'n."

„Des ist ein Fehler, Herr Bock!", zischte Bräuer. „Überlegen's noch mal. I komm' bald wieder!" Mit diesen Worten wandte er sich um und ging davon. Schnell war er im angrenzenden Wald verschwunden.

Hans Bock blickte ihm kopfschüttelnd nach. Was für ein widerlicher Pisser, dachte er. Kommt an und will mein Haus kaufen. Blödmann ...!

Er kam nicht dazu, seine Gedanken weiterzuführen, denn auf einmal krampfte sich sein Magen zusammen. Ihm wurde übel und sich übergebend krallte er sich Halt suchend an der Hauswand fest. Als er noch nach letztem Nachspucken darüber nachsann, wie er zurück ins Haus kommen könne, sah er auf einmal dunkle Wände auf sich zukommen. Unaufhaltsam sackte der alte Mann zusammen und blieb reglos am Boden liegen.

„Menschenskind! Herr Bock? Was ist mit Ihnen?" Eine zarte Hand rüttelte an des Alten Schulter. Stöhnend blinzelte er in die Helligkeit. Langsam erkannte er das hübsche Gesicht einer jungen Frau. Sie beugte sich über ihn, es kam ihm vage bekannt vor. Hatte sie nicht vor einigen Wochen im Dorf geheiratet?

„Ahh, … 'ne Geppart'sche?", keuchte er schwer.

Sie nickte. „Können Sie aufstehen? Dann helfe ich Ihnen ins Haus." Sie schob ihm die Arme unter die Achseln und half ihm vorsichtig hoch.

Er schwankte leicht, doch kurz darauf hatte Sarah ihn in seine Stube bugsiert und ins Bett gebracht.

„Mir is schlecht jeword'n", erklärte er und strich sich verlegen über das beschmutzte Hemd.

„Ich werde Ihnen einen Kamilletee bereiten und die Landärztin rufen", schlug sie vor und verschwand. Er hörte sie eine Weile in der Küche rumoren, dann kehrte sie mit einem dampfenden Pott zurück. „Hier, trinken Sie das, aber vorsichtig, es ist noch heiß!"

Dankbar nahm Hans Bock den Pott und nippte daran. Sarah setzte sich auf das Bett.

„Doktor Mucker ist bald hier. Bis dahin bleibe ich noch, wenn es Ihnen recht ist, Herr Bock?"

„Dank' dir, Kindchen! Is aber nich nötig", lehnte Bock geschwächt ab. „So'ne junge Frau wie du hat doch bestimmt wat Besseret zu tun, als sich um 'nen alten Knacker wie meener eener zu kümmern."

Sie lächelte zögerlich und schüttelte den Kopf. Eine gewisse Niedergeschlagenheit fiel Bock bei der jungen Frau auf. Er konnte erkennen, wie blass sie war.

„Die Gabi macht's dir nich leicht, stimmt's Kindchen?"

„Woher wissen Sie das?"

„Janz einfach: Ick leb' schon meen janzet Leb'n im Dorf und kenn' die Leut' hier. Bestens! Die Gabriele Froehlich … nun ja, die war mal sehr hübsch und als junget Mädel in so'n schmucket Ding aus die Stadt verliebt", suchte Hans Bock in seinen Erinnerungen. „Die schmucke Berlinerin hatte damals mit ihr'm Bruder Ferien uff'm Geppart'schen Hof jemacht. Gabi arbeitete zu der Zeit beim Geppart-Bauern als Aushilfe im Stall. Die beiden jungen Frauen verliebten sich balde inander, dit war zu seh'n. Jeder im Dorf war überzeugt, die schmucke Berlinerin wird früher oder später die Gabriele Froehlich mit zu sich in de Stadt nehm'n. Dass de Gabi also von Tremsdorf ausbüchsen tut, verstehst'e? Die Schmucke selbst wär' ja nüscht für hier jewes'n, dit war wohl klar, so fein wie die tat. Immer zusammen schlenderten se durchs Dorf und verschwanden am See in'e Büsche. Dit Verliebte sah man denen richtig an, aus jeder Pore kam's jekroch'n. Den janz'n Sommer ging'it so", stöhnte der Alte noch immer schwach.

Nach einer kurzen Atempause setzte er erneut an:

„Eines Tages, da is de Schmucke wieder nach Berlin abjereist und war nich mehr jeseh'n. Janz plötzlich. Einfach so. Monatelang stand de Gabi am Dorfeingang und hat den Postboten in'er Hoffnung nach Zeilen von die Schmucke abjepasst. Da kam nie wat an. Nüschte! Zum verzweifeln war'it, wie se da stand und am Dorfschild Ausschau hielt, die arme Gabi. Verbittert isse jeworden, de Gabi, seither."

„Das wusste ich nicht."

„Vielleicht hätt'ick och nüscht ausplappern dürfen, aber nun weeßt'e wenigstens Bescheid, warum de alte Geppart'sche Menschen aus die Stadt nich über'n Weg trauen tut. Wurde arg enttäuscht, de Gabi."

„Aber sie hat doch später den Sohn vom Hof geheiratet und Kinder mit ihm bekommen?"

„Sicher, aber so'ne Enttäuschung verjisst man nich so einfach und ob der Lothar die jroße Liebe für se sein tut ...?"

Unmerklich nickend grübelte Sarah über seine Worte nach.

„Nun gut, Herr Bock! Soll ich nachher, wenn der Bus wiederkommt, für Sie einkaufen gehen?", wechselte sie schnell das Thema, um sich aus ihren Gedanken zu reißen. „In Ihrem Kühlschrank verhungern ja sogar die Mäuse!"

„Müsste da nich 'ne Buttermilch im Spinn sin ..."

„Ja, mit lebenden Kulturen obendrauf!" Sarah erschauderte bei der Erinnerung an diesen Anblick, den ihr zuvor der Schrank bot. „Kein Wunder, dass Ihnen schlecht geworden ist, wenn Sie Schimmel essen!"

„Werf' eben nich jerne wat weg", protestierte Bock trotzig wie ein Kind.

„Bei verdorbenen Sachen gibt es kein Pardon. Schimmel ist überaus ungesund." Sarah wurde rot. „Tut mir leid, ich wollte Ihnen keinen Vortrag halten. Petra sagt immer, ich hätte einen Ökofimmel, und damit hat sie wohl Recht."

„Jibt Schlimmeret, Kindchen", brachte der alte Bauer ächzend hervor. „Jeldjierige Jeschäftemacher zum Beispiel."

„Wen meinen Sie damit?"

„Hatte vorhin Besuch von 'nem Fremden, der Haus und Hof abscherbeln wollte. War sehr hartnäckig, der Dreckskerl. Tut balde wiederkommen, sagt'er." Hans Bock seufzte leise. „Schlimm daran is nich 'mal, damit er den Hof hab'n will, sondern damit er Recht hat. Tu'it kaum noch schaff'n, allet zu versorj'n."

„Wirklich?" Sarah sah ihn nachdenklich an. „Wie wäre es, wenn ich Ihnen ein bisschen zur Hand gehe? Daheim werde ich nicht gebraucht, ich habe Zeit."

„Aber jeb'n kann'ick nüscht", lehnte Bock verzweifelt ab.

„Das müssen Sie auch nicht. Ich wünsche mir nur eine Aufgabe. Bis Sie wieder gesund sind, würde ich gern helfen."

Er zögerte. „Wird der Schwiejermutter nich jefall'n, sag ick dir, Kindchen! Sie is nich jut uff mir zu sprech'n."

„Was haben Sie denn verbrochen?", überraschte Sarah dieser Einwand.

„War früher der Postbote. Zweiunddreißig Jahre hab'ick im Nuthetal de Briefe ausjetraj'n."

„Ach so! Egal, auf mich ist sie auch nicht gut zu sprechen, dann passen wir gut zusammen", lächelte Sarah und streckte ihm die Hand hin. „Abgemacht?"

Er schlug ein. „Kindchen, dit tu'ick dir nie verjess'n!"

Sarah lächelte. „Wo soll ich anfangen?"

„Clementine, die Sau, muss jefüttert werd'n. Kannst'e dit?"

„Aber sicher! Ich habe schon oft dabei zugesehen."

„Zujeseh'n?", wiederholte er entsetzt und runzelte die Stirn, aber seine junge Besucherin verströmte so viel Energie, dass er schließlich nickte. Und damit löste er eine wahre Lawine an Ereignissen aus.

Sielaffs Gast
Die Schiffbrüchige im Nuthetal

- Astra Curie & Clara Blikk -

Müde, geradezu erschöpft, fühlt sich die Sonderbeamtin des Potsdamer Polizeipräsidiums. Nichtsdestotrotz muss sie als krankheitsbedingte Vertretung in einen nahen Ort der brandenburgischen Landeshauptstadt reisen, um routinemäßige Ermittlungen zu führen. So scheint es. Ein mysteriöser Fall, wie es sich bei ihren halbherzigen Befragungen im ländlich geprägten Dorf entpuppen wird. Hinzu kommen Schatten ihrer eigenen Vergangenheit. Ulla Hupp war schon einmal hier. Lange ist es her.

Eine weitere Folge aus der Reihe:
L-Trivial – Leben in Brandenburg

„Nicht schon wieder ein Herz-Schmerz-Roman für Frauen, die auf Frauen stehen, könnte man stöhnen, einer, der Protagonistinnen in unrealistisch schönem Aussehen, karrieregeil oder beim verführerischen Agieren auf dem lesbischen Parkett erscheinen lässt. Nein, Brandenburger Landeier oder mit der Geschichte verflochtene Schicksale charakterisieren die Heldinnen bei L-Trivial und lassen sie zu übermäßig netten oder eben auch mordlüsterne Monster werden. Alles ist möglich, wie das Leben selbst uns zeigt. Trivial eben.

Doch den LeserInnen werden in *Sielaffs Gast – Die Schiffbrüchige im Nuthetal* spannende Momente in einer bis zum Finale anhaltend rätselhaften Geschichte geboten. Originalschauplätze werden detailgenau beschrieben. Dennoch weiß man nie so richtig wo man ist. Den Autorinnen gelingt es durch eine bemerkenswerte Erzählweise, das auflösende Ende herbeisehnen zu lassen.“

- Schichtwerk Potsdam

„... wieder ein lesbischer Heimatroman für die ganze Familie, diesmal als spannender Krimi verpackt ...“

- Mutti

www.l-trivial.de

„Tust uns in'en Rück'n fall'n!" Aufgeregt fauchte Gabriele Geppart die Schwiegertochter an.

„Warum denn?" Verwundert stützte Sarah ihre Hände in die Hüften.

„Ich möchte dem alten Bock nur ein bisschen zur Hand gehen. Er hat Gicht und kann nicht mehr so auf dem Hof wirtschaften, wie es nötig wäre. Ich hole für ihn frische Lebensmittel, damit er sich nicht mehr den Magen an verschimmeltem Essen verdirbt."

„Wenn der Bock-Bauer 'ne Putze brauch'n tut, soll'er 'ne instellen."

„Das kann er nicht. Wovon soll er sie denn bezahlen?"

„Wat weeß ick?" Die alte Geppart'sche zupfte aufgebracht einen Unkrautstängel aus ihrem Radieschenbeet und warf ihn im hohen Bogen hinter sich. „Der jeht uns doch jar nüscht an. Wie kommst'e überhaupt dazu dem de Hand zu jeb'n?"

„Ich war spazieren und habe ihn besinnungslos auf der Türschwelle gefunden. Da konnte ich doch nicht wegsehen." Sarah kniete sich neben ihre Schwiegermutter. „Kann ich dir helfen?", fragte sie versöhnlich.

„Lieber nich", wies die Alte sie schroff ab. „Nachher tust'e mir noch von'ne Radieschen statt vom Unkraut zupfen."

Sarah zuckte zusammen und fing einen Blikk ihrer Frau Petra auf, die vor der Scheune stand und eine alte Sichel schliff. Sie stand zu weit weg, um das Gespräch mit anhören zu können, doch ihre ernste Miene verriet, dass sie ahnte, was vorging. Sie nickte Sarah aufmunternd zu. Versuchs noch mal!, hieß das.

„Vom Leb'n hier hast'e nich de jeringste Ahnung", warf die Schwiegermutter ihr vor. „'Ne Träumerin bist'e. Tust deine Kräfte für vertrottelte Nichtsnutze verscherbeln."

„Hans Bock braucht Hilfe und ich habe mehr Zeit als mir lieb ist. Warum soll ich ihm nicht helfen? Hier im Familienbetrieb werde ich doch nicht gebraucht."

„Da hast'e wohl Recht." Die Bäuerin wischte sich mit ihrer mit Erde beschmierten Hand über die Stirn. „Einleben tust'e dir hier nie und nimmer, Sarah. Glob' mir!"

„Wieso denn? Nur weil ich früher in der Stadt gelebt habe und mich anders gebe, bin ich noch lange nicht so wie deine ...", hastig brach Sarah ab. Doch ihre Schwiegermutter war bereits hellhörig geworden.

„Von wem sprichst'e?"

„Von deiner ersten Liebe, der Frau aus Berlin", brachte Sarah verlegen hervor. „Sie hat sich vielleicht nichts aus dem Landleben gemacht, aber bei mir ..."

„De Verjangenheit jeht dir nüscht an, is dit klar?", schimpfte die Geppart mit erhobenem Zeigefinger. „Weeß janz jenau, damit du früher oder später wieder fortjeh'n tust. Verlässt die Petra. Oder schlimmer, überredest se, damit se mit dir mitkomm'n tut!"

„Das wird nicht geschehen. Ich liebe Petra, und ich möchte mit ihr zusammenleben. Sie würde euch nie verlassen." Seit dem Tod ihrer Schwester war Petra die Hoferbin. Ihre Kräfte wurden im Betrieb gebraucht und dieser Verantwortung würde sie sich nie entziehen, da war sich Sarah sicher.

„Tust trotzdem nich de Richtije für Petra sin."

„Sie sieht das anders."

„Ja, weil se 'n verliebtet Weibsbild is. Aber irgendwann tun ihr de Ojen uffjeh'n, glob mir!"

Sarah erhob sich abrupt und sah ihre Schwiegermutter niedergeschlagen an. „Ich möchte dir gerne eine Tochter sein. Seit meine Eltern damals rüber sind, habe ich mir immer eine Familie gewünscht. Warum können wir nicht Frieden schließen?"

Die Geppart'sche ging nicht darauf ein. „Hättest besser im Berlin bleib'n soll'n. Wo de hinjehör'n tust."

„Sarah gehört zu mir", mischte sich da eine feste Stimme ein. Petra trat neben ihre Frau und legte den Arm um sie. „Sie gehört zu mir und nirgendwo anders hin!"

Ihre Mutter verdrehte die Augen.

„Was gab's denn zwischen euch?", fragte Petra ernst.

„Deine Frau will unbedingt Hauspuddel beim alten Bock spiel'n", wetterte die Mutter.

„Du willst beim Bock arbeit'n?" Verwundert sah Petra zu Sarah. „Warum denn das?"

„Er hat Gicht und kann den Hof nicht mehr alleine versorgen."

„Aber er hat 'n Schwein, Schafe ... und ein Rapsfeld. Wird das nicht zu viel? Du kannst dich nicht um alles kümmern, Sarah."

„Warum nicht? Ich habe heute Mittag Clementine gefüttert und im Gemüsegarten geschuftet. Und das hat alles wunderbar geklappt." Sarah war stolz. Dass sie allerdings von Clementine beim Füttern umgestoßen wurde und sich dabei einen großen blauen Fleck holte, würde sie Petra erst später in der Stille ihrer Schlafstube erzählen.

„Petra, tu dein Weib zur Vernunft bring'n! Der Bock jeht uns nüscht an."

„Ich weiß nicht, was dagegenspricht, wenn Sarah ihm helf'n will. Solange sie sich nicht überanstrengt." Petra sah ihre junge Frau an. „Versprichst du mir, auf dich Acht zu geben und mich zu holen, wenn dir die Arbeit zu viel wird?"

Sie nickte.

„Sowat hab'ick mir jedacht", wetterte die Alte von neuem los. „Am Ende tut se dir die janze Arbeit überlass'n, wirst schon seh'n! Packst dann mehr beim Klapperhans an, als bei unser eener!" Ein giftiger Blikk traf Sarah. „Weeß janz jenau, wat'e plan'n tust. Aber dit wird nich funktionier'n, kannst'e glob'n! Ick werd' dem 'nen Riegel vor-schieb'n."

Verwirrt runzelte Sarah die Stirn. „Was meinst du damit? Ich plane gar nichts, ich möchte wirklich nur helfen ..."

„Ja, so kieckste schon aus deiner Sonntagswäsche und dem besser Je-quatsche!" Die Geppart'sche schnaufte wütend.

„Mutter! Worauf willst du hinaus?", fragte Petra entsetzt. „Ich glaub' nicht, dass Sarah Hintergedanken hat."

„'türlich nich", schrie sie, „weil se dir den Kopf verdreht hat! Wirst doch och bald zu so'ner ... so'ner ... Öko-..."

„Öko-..., was?", wollte Petra wissen.

„Ach!", winkte Gabriele Geppart ab. „Aber ick weeß, wat ick weeß, die führt wat im Schilde. Die tut uns're Familie zerstör'n!"

„Das stimmt doch gar nicht!" Sarah bebte am ganzen Leib. „Ich möchte nur dazugehören, weiter nichts!"

Doch ihre Schwiegermutter hörte nicht auf zu wettern. Mit einem zornigen Schnaufen stand sie auf, klopfte sich die Erde vom Kittel und verschwand mit wütendem Schritt ins Haus. „... wenn ick dit will, tu ick mir och anders jeb'n ... muss mir doch nich für de Heinis aus die Stadt verstell'n ... denk'n, sind wat Besseret, globste dit? ... jeht zum jeilen Bock, den Trottel den ..."

Bedrückt schaute ihr Sarah nach. „Ich möchte nicht, dass ihr euch meinetwegen streitet", sagte sie leise.

„Muttern beruhigt sich schon wieder. Sie wird sich daran gewöhn'n, dass du jetzt zu uns gehörst."

„Hat sie es am Anfang dem Bernd auch so schwer gemacht?"

„Nein, aber bevor Bernd aus Potsdam hierher zog, ist er in Saarmund aufgewachsen und kannte meine Schwester schon ein halbes Leben lang. Dass wir uns beide auf den ersten Blick verliebten, war 'ne ziemliche Überraschung für die Eltern. Für mich übrigens auch." Sie zwinkerte ihr liebevoll zu. Doch Sarah blieb ernst.

„Was sollen wir machen, wenn sie mich nie akzeptiert? Ewig in Zank und Streit leben?"

„Es wird sich schon einrenken. Vielleicht ist es ganz gut, wenn du vorerst beim Bock arbeitest, dann habt ihr beide etwas Abstand." Sie gab ihr einen liebevollen Kuss. „Ich liebe dich, meine schöne Kräuterfee."

Sarah schmiegte sich an ihre Frau. Sie hatte plötzlich das unbestimmte Gefühl, dass ihr Glück auf der Kippe stand. Was sollte aus ihrer Ehe werden, wenn Petras Familie sie niemals willkommen hieße? Bei diesem Gedanken fröstelte sie unwillkürlich.

„Ist dir kalt?", fragte Petra besorgt. Auf einmal glitt ihr Blick über sie hinweg zum Feldweg und ihre Augen weiteten sich erschrocken. Ein lautes Stampfen erklang.

Sarah wandte sich aus der Umarmung und bemerkte erschrocken die Schafe. Die Tiere jagten in heller Aufregung den Weg entlang, als wäre ein Rudel Wölfe hinter ihnen her. Sie blökten und drängten sich panisch aneinander vorbei.

„Wie kommt die Herde hierher?", schrie Sarah verwundert.

„Du, das sind die Schafe vom Bock-Bauern! Siehst du den Schafsbock, der nur ein Horn hat? Das ist Stefan, sein ältestes Schaf. Das Horn fehlt ihm, seit er sich mit dem Dienstwagen vom Krueger angelegt hatte."

„Aber ... wenn das Bocks Herde ist, wie kommt sie dann hierher? Und wo steckt der Alte?" Sarah stutzte erschrocken.

„Das weiß ich auch nicht. Aber dass die Herde alleine herumläuft, ist kein gutes Zeichen, so viel steht mal fest!"

***

„So, der Letzte!" Hans Bock hieb energisch mit dem Hammer auf den Zaunpfosten, um ihn noch tiefer in die Erde zu treiben. Sein Gesicht war hochrot vor Anstrengung. „Nächste Mal tust'e besser Wache schieb'n, klar Frl. Wenke?"

Die Mischlingsdame bellte einmal auf und sprang mit langen Sätzen um die zerstörten Zaunlatten herum, die aufgeschichtet neben dem Wohnhaus lagen. Jemand hatte sie aus dem Weidezaun gerissen, sodass die Schafe entkommen konnten.

Bis tief in die Nacht dauerte es, die Herde wieder einzufangen. Tapfer verbiss sich Hans Bock seine Schmerzen und trieb, zusammen mit Petra, Sarah und zwei weiteren Helfern aus dem Dorf die Schafe wieder ein. Eine Schnur befestigte vorerst provisorisch den Zaun, doch die Sorge um seine Tiere hatte den Alten nicht schlafen lassen. Alte Latten, die sich in der Scheune stapelten, hämmerte er seit dem Morgengrauen als Behelf. Erschöpft und mit zitternden Knien sank er ins Gras. Frl. Wenke kam heran und leckte ihm die geschwollene Hand.

„Meene Jute, is ja nich deine Schuld", murmelte der Alte. „Jemand hat den Zaun mutwillig zerstört ..."

„Grüß Gott, Herr Bock!" Eine harsche Männerstimme klang über den Zaun. Ingo Bräuer kam heran und sagte stirnrunzelnd: „Sie sehen erschöpft aus!"

Fräulein Wenke knurrte.

„Wat will'er denn schon widder?", fragte Bock rau und wandte sich ab.

„I möcht' wissen, ob Sie sich mein Angebot überlegt haben. Wenn's noch diesen Monat ausziehen und i sofort mit dem Umbau des Grundstückes zur Reiterpension beginnen kann, bezahl i Ihn' die volle Kaufsumme in bar und einen Bonus obendrein!"

„Nein, ich - verkaufe - Ihnen - nichts!", betonte Bock überdeutlich im klaren Hochdeutsch.

„Bock, seien's doch net dumm! I biete Ihn' die Chance auf einen angenehmen Lebensabend. Sie können reisen, sich eine nette Pflegerin leisten, in eine bequeme Wohnung ziehen ... also warum wollen's des net annehmen?"

„Weil hier meen Zuhause is! Wat versteht'er denn daran nich?"

„Des war es viele Jahre lang, Herr Bock", raunte Bräuer zurück. „Aber manchmal ...", klang er nun wissend. „... ist es Zeit für Veränderungen. Wollen's wirklich zuschauen, wie der Hof nach und nach verfällt? Wie alles, was Sie lieb gewonnen haben, durch Sturheit verrottet?" Bräuer zupfte mit den Fingern etwas abblätternde Farbe vom Holz. Dann sah er Hans Bock vielsagend an. „Ist es das, was Sie sich für Ihr Haus wünschen? Verkaufen's lieber, i werd es in Stand setzen und über Jahre hinaus weiter pflegen."

„Nee, verschandelt wird's. Nach 'm Umbau tut man nüscht mehr wiedererkenn'n."

„Und wenn schon." Bräuer lächelte. „Sie haben doch gar keine and're Wahl", versuchte er es versöhnlicher. „Die ganze Arbeit ... Wie lange wollen's denn noch schaffen?"

Bock stutzte und sann darüber nach. Dann machte er einen Schritt auf Bräuer zu. „Nich 'mal für 'ne Million tu'ick verkoof'n. Machen Se endlich, dass Se Land jewinnen! Aber woanders!"

Bräuer blieb unbeeindruckt stehen. Sein Blikk schweifte über den heruntergekommenen Hof. „I komm' wieder! Denken's noch mal in Ruhe nach und dann werden's schon einwilligen."

Er wandte sich um und schritt davon. Hinter ihm schüttelte Bock den Kopf und brubbelte etwas Gemeines hinterher, wovon sich Bräuer nichts anmerken ließ. In Gedanken sah er den neu erbauten Reiterhof vor sich und überschlug den Gewinn, den er ihm einbringen würde. Wenn noch nicht im ersten Jahr, dann bestimmt schon im zweiten, da war er sich ganz sicher. Das Wohnhaus würde er komplett abreißen lassen, den Stall vergrößern, das Grundstück entsprechend anlegen und zum Pferdeauslauf erweitern. Wenn er erst einmal alles gekauft hat, könne er schalten und walten, wie er wolle. Jetzt darüber nachzudenken, war sicher keine verschwendete Mühe. Der Verkauf war nur noch eine Frage der Zeit.

Ein Schmerz zuckte durch seine Schulter und erinnerte ihn an den gestrigen Tag. Mit unbehaglicher Miene rieb er sich erst über den Verband und strich dann vorsichtig übers Gesicht. Unter seinen Fingern spürte er Mull mit breitem Pflaster, welches seine rechte Wange schützte. Verdammt noch mal, dachte er sich und grübelte über die vermutliche Sichtbarkeit einer Narbe nach, die ihm diese Verletzung einbrachte. Wenn er erst einmal wieder in Passau ist, dann würde er sich die Narbe kosmetisch behandeln lassen, auch das stand für ihn fest.

Weiter über seine Pläne sinnend, schritt er durch den Wald zum Dorf. Vor der zerfallenen Friedhofsmauer machte er plötzlich eine kleine Gestalt aus. Es war ein Kind, das allein auf der Mauer in der Sonne saß und gelangweilt mit den Beinen baumelte. Der Blondschopf kam ihm merkwürdig vertraut vor. Bräuer überlegte. Jetzt dämmerte es ihm, wo er das Kind schon einmal gesehen hatte. Mit langen Schritten eilte er drauf zu und packte es mit der gesunden Hand am Genick.

„Lausbub, hab ich dich!"

„Was ... was woll'n Sie von mir?" Zu Tode erschrocken blickte das Kind auf.

„Du hast neulich auf der anderen Seite vom Dorf mit einem Gewehr herumgespielt!"

Das Kind wurde kalkweiß. Die Lippen zitterten, und es stammelte: „N-nein, das war ich nicht!"

„Oh doch! I hab' di schließlich g'sehen, als du mich ang'schossen hast! Du hättest mir fast das Auge rausg'schossen, da schau her!", schnaubte Bräuer und deutete mit dem verbundenen Arm ins Gesicht.

„Aber das wollt' ich nicht! Ich schwöre!"

„Was hattest' mit der Flinte im Wald zu tun? Noch dazu am frühen Morgen?"

„Das ist doch nur ein Luftdruckgewehr ... Es ist von meiner Mutter", wisperte das Kind. „Sie war früher oft jagen und hat mir gezeigt, wie man damit schießt. Papi hat deswegen geschimpft, aber sie hat ihn nur ausgelacht und gemeint, ein richtiges Mädchen müsse schießen können."

„Oa Madel bist du? Da schau einer her!", rutschte es aus dem überraschten Bräuer raus. Er beugte sich mit bohrendem Blikk vors Kindergesicht. Das Mädchen zitterte wie Espenlaub. Er lockerte seinen Griff ein wenig. „Dein' Mutter wird net erfreut sein, wenn's hört, was du mit ihr'm Schießeisen ang'stellt hast."

„Nee, bestimmt nicht ... Aber es ist ihr egal, was ich mach'. Sie lebt eh nicht mehr."

„Versteh'. Und du willst jetzt die Beschützerin von Haus und Hof spielen, nicht wahr?" Die Stimme des Geschäftsmannes aus Passau wurde sanfter. Auch er hatte seine Mutter früh verloren und dieses einschneidende Erlebnis hatte er nicht vergessen können. Er überlegte eine Weile hin und her, bis ihm eine Idee kam. Mit auffallenderer Wärme in der Stimme fuhr er fort: „Du willst deinen Vater beschützen und Vögel fürs Essen jagen, ist des so?"

„Nee, ich wollt' nur üben." Das Mädchen sah flehend zu ihm auf. „Bitte, verraten Sie mich nicht. Ich wollt' Sie wirklich nicht treffen!"

„Das hast du aber und nun musst' dafür g'rad stehen. Wie heißt denn das kleine Fräulein?"

„Jule", kam es zögernd zurück.

„Dann pass mal auf, Jule! I mach' dir einen Vorschlag."

„'Nen Vorschlag?", wiederholte die Achtjährige verängstigt.

„I sag' niemandem, was im Wald passiert ist", er hob den Zeigefinger an seine gespitzten Lippen, „aber du musst dafür etwas für mich tun." Der Mann hob eine Augenbraue, beugte sich zu dem Mädchen hinab und senkte die Stimme. „Hör gut zu, mein schönes Kind, i hab' ein kleines Geheimnis für dich, etwas, was du für mich tun kannst, damit i net mehr so traurig bin. Etwas, womit du mich trösten kannst."

***

Die Sonne neigte sich langsam der Nuthe-Nieplitz-Niederung zu, als Sarah zum Bockhof wanderte. Es war immer noch drückend heiß. Auf den ausgetrockneten Wiesen wendeten einzelne Bauern das Heu. Am Ufer des Flüsschens trieb ein Junge mit einem Stock Wildenten vor sich her. Über dem Karpfensee zog ein Fischreiher seine Kreise.

Sarah hatte der Landärztin versprochen, sich um den alten Bauern zu kümmern und egal, was ihre Schwiegermutter davon hielt, sie wollte ihr Versprechen unbedingt halten.

Sie hatte das Haus noch nicht ganz erreicht, als sie ein seltsames Zirpen und Rascheln von drinnen hörte.

„Hallo?", rief sie und presste den Daumen auf die Klingel. Nichts geschah. Sie klopfte.

„Herr Bock?"

„Drinne!", klang es seltsam heraus. „Komm nur hier rin, in'e Grotte!"

Sarah betrat die Diele, hob den Kopf und lauschte. Erschrocken sprang sie zur Seite. Mit Entsetzen bemerkte sie rasche Bewegungen rings um sich auf dem Fußboden.

„Himmel, was ist denn das?" Ungläubig starrte sie auf Unmengen von Krabbel- und Kriechtieren. Der Flur war übersät mit Käfern, Würmern, Grashüpfern und anderem Kleingetier. Hans Bock kam aus der Schlafstube geschlürft und verzog unglücklich das Gesicht.

„Tremsdorfer Schnauzen!", seufzte er.

„Scheint mir auch so." Bestürzt schlug sie sich eine Hand vor den Mund. „Wo kommen denn die vielen Tiere her?"

„Hat mir jemand als Untermieter jebracht."

„Was? Wer macht denn so was? Und warum?"

Der alte Bauer kratzte sich das stoppelige Kinn. „Der Passauer vielleicht, der den Hof schachern will. Hab' ihn wieder davonjejagt. Kann sin, damit er mir damit umstimmen will."

„Zuerst der eingerissene Weidezaun und jetzt die Tierinvasion", überlegte Sarah laut. „Das sieht wirklich so aus, als wollte Ihnen jemand Ärger bereiten."

„Meene Rede! Bin nur mal kurz einjeschlummert, und wie'ick uffwach'n tu, als mir wat am Gesicht krabbelt, seh ick die Meute hier. Keen schönet Jefühl! Dachte schon, ick sei bei Muttern unter die Erde jelandet." Hans Bock seufzte tief betrübt. „Sojar im Vorratsschrank sind se. Nich, damit da sonderlich viel zu hol'n wär', aber wie soll'ick de Viecher je wieder los werden? De Biester sind zu schnell für mir alten Knochen, und wer weeß, wat'ick noch allet übersch'n tu."

„Keine Sorge, als Kind habe ich oft mit meinen Freunden Insekten und Frösche gefangen. Das hier wird ein Kinderspiel!", beruhigte ihn Sarah.

Es erwies sich als eine Heidenarbeit, die Nager und ihre Gefährten wieder einzufangen und draußen auf der Wiese auszusetzen. Nicht nur, dass Einiges blitzschnell davonsprang, wenn Sarah es ergreifen wollte, nein, es war auch so viel Getier, dass es bis zum Einbruch der Dunkelheit dauerte, sie alle zu fangen.

Schließlich wischte sie sich mit dem Handrücken über die verschwitzte Stirn und schloss den Deckel über eine Spinne. „Das war die Letzte, glaube ich."

„Oh je, mi ne, dacht' schon, muss heut' meen Bett mit Käfern und Konsorten teilen."

„Das wär' eine ziemlich turbulente Nacht geworden!"

„Und ob! Dank dir schön, Kindchen. Damit du mir jeholf'n hast, tu'ick dir nie verjess'n!"

„Das habe ich gerne gemacht. Ein bisschen fühle ich mich in meine Kindheit zurückversetzt, damals bei den Großeltern." Sie trug das Einweckglas zum Fenster und ließ die Spinne frei. Dann bereitete sie Bock nach Anordnung der Landärztin ein bekömmliches Abendbrot mit Zwieback, einer Banane und warmem Kamillentee.

Bock lag wieder im Bett und blinzelte matt zu ihr auf. „Hab' Dank, Sarah!"

„Morgen können Sie vielleicht schon etwas Stärkeres vertragen. Dann koche ich Ihnen eine Nudelsuppe mit Huhn ... Kann ich sonst noch etwas für Sie tun?"

„Heut' nich. Aber wenn de morjen früh 'n paar Inkäufe für mir erledijen tust?"

„Klar doch. Schreiben Sie mir einfach auf, was Sie brauchen."

„Da liegt schon 'n Zettel ... da irjendwo, bei die Anrichte."

„Fein, hab ihn. Dann sehen wir uns morgen früh, Herr Bock! Schlafen Sie gut!" Sarah nickte dem Bock freundlich zu und machte sich auf den Heimweg. Es war bereits dunkel und der Mond war noch nirgends zu sehen. Voller Anspannung achtete sie auf jeden ihrer Schritte und tastete sich behutsam mit den Füßen vorwärts.

Irgendwo schrie ein Käuzchen. Sarah blieb an einer Wurzel hängen und stürzte beinahe zu Boden. Vor Schreck schoss ihr das Blut in den Kopf. Ruhig bleiben!, versuchte sie sich zu besänftigten. Dennoch begann sie sich zu fürchten und sah aufgeregt um sich. Die Dunkelheit und die dichten Bäume ließen ihr keine beruhigendere Sicht. Ein lautes Geräusch im dichten Geäst tat sein übriges. Ihr Atem wurde schneller. Ihre Bewegungen ruckartiger. Wieder ein Knacken! „Ist da wer?", rief sie angespannt. Insgeheim hoffte sie, dass niemand antworten würde. Sarah blieb stehen. Irgendjemand musste aber da sein, auch wenn sie nichts sah, es war ein Gefühl, dass sie nicht loslassen wollte. Sie drehte sich vorsichtig im Kreis und konzentrierte sich auf jedes Geräusch. Sie hielt den Atem an, um ganz sicher zu sein. Es war nichts zu hören. Langsam nahm sie wieder ihren Schritt auf und versuchte weiterhin selbst keine Geräusche zu machen. Sie wurde schneller. Noch einmal sah sie sich um. Nichts als Dunkelheit. Endlich machte der Weg eine Biegung und öffnete den Blikk zur Ortschaft. Sie atmete auf, endlich konnte sie vereinzelte Lichter in der Ferne ausmachen. Das Dorf lag vor ihr und in baldiger Sicht trat auch der Hof ihrer Schwiegereltern. Sie war erleichtert, als ihr die hell erleuchteten Fenster des vertrauten

Hauses immer näher kamen und der Schreck sich legte. Unvermittelt knurrte ihr Magen und erinnerte sie daran, dass sie seit Stunden nichts mehr gegessen hatte.

Schließlich angekommen, trat sie aufatmend ins Haupthaus. Aus der Küche erklangen lebhafte Stimmen. Offenbar saßen die Schwiegermutter und der Bernd beisammen und unterhielten sich. Sarah öffnete die Tür, das Gerede verstummte. Wie vermutet saßen beide bei einer Tasse Tee am Küchentisch. Eben noch steckten ihre Köpfe beieinander. Sie fuhren langsam auseinander, starrten in Sarahs Richtung auf der Suche nach etwas, was sie nicht ausmachen konnten und wandten sich wortlos wieder ab. Sich Mut fassend ging Sarah auf den Tisch zu. „Habt ihr schon gegessen?", fragte sie höflich und legte sich eine Hand auf den Bauch. Erst jetzt merkte sie, wie übel ihr vor Hunger war.

„'Türlich! Immerhin haben wir 'n harten Tag hinter uns", erwiderte Bernd spitz. „Aber es ist nix mehr übrig. Nur noch 'ne Portion für Julchen. Wir dachten uns, du isst auswärts."

Sarah roch den verlockenden Duft von gebratenen Bouletten und schluckte. „Wo ist Petra?"

„Auf 'nen Sprung bei der Bürgermeisterin. Sie verhandeln über'n Verkauf von Futtermais. Wir ernten dies' Jahr mehr als erwartet und könn'n 'was abgeben."

„Verstehe." Sarah nahm sich eine Scheibe Brot und etwas Käse. Plötzlich bemerkte sie, wie sich ihr Schwager auf seinem Stuhl krümmte. „Ist dir nicht gut, Bernd?"

„Mir fehlt nix", wehrte er ab. „Nur 'ne kleine Magenverstimmung."

„Aber du bist ganz blass um deine Nase. Willst du dich nicht lieber hinlegen?"

„Geht nicht. Muss Jule suchen. Sie ist noch nicht aus'm Dorf zurück. Möcht' nur wissen, wo sie steckt. Sonst ist sie immer pünktlich zum Abendbrot daheim."

„Wahrscheinlich hat sie beim Spielen die Zeit vergessen. Ich kann sie für dich holen", erbot sich Sarah.

Zum ersten Mal lag Wärme im Blikk des jungen Landwirten, als er Sarah ansah.

„Wirklich? Das würdest du tun?"

„Natürlich!", sagte Sarah eifrig, ohne zu ahnen, dass sie diese Gefälligkeit für immer bereuen würde.

„Wahrscheinlich ist sie irgendwo an der Nuthe oder bei der Feuerwehr hinterm Löschhaus. Meistens treffen sich die Kinder dort zum Spielen."

„Dann schaue ich da zuerst nach." Besorgt sah Sarah hinaus in die Dunkelheit. Dass das Mädel jetzt noch unterwegs war, gefiel ihr gar nicht. Mit unbehaglichem Gefühl dachte sie an ihren gruseligen Heimweg vom Bockhof und machte sich eiligen Schrittes auf den Weg ins Dorf. Plötzlich kam ihr ein Gedanke. Ihr fiel der Junge mit den Wildenten ein, den sie Stunden zuvor an der Nuthe hatte spielen sehen und ging gleich feldein zum Flüsschen. Es schien ihr wahrscheinlicher, dass Julchen dort sein könnte. Vergebens suchte sie das Ufer ab bis zur kleinen Brücke, hinter der der große Fischzuchtsee begann. Sarah rief unentwegt nach der Kleinen. Ohne Erfolg. Auch sonst war niemand zu sehen. Entschlossen, ihre Nichte zu finden, machte sie sich auf den direkten Weg ins Dorf. In der Ferne sah sie den Ortseingang. Dort erst begann die geteerte Dorfstraße. Die einzige Straße im Ort, die schließlich über Saarmund ins 25 Kilometer entfernte Potsdam führte. Zur Linken und zur Rechten lagen vereinzelte Höfe mit Familienhäusern. In der Mitte des Dorfes begann eine zweite Straße, die in einen Wald, Richtung Michendorf, führte. Ungefähr hundert Meter vor dieser Kreuzung liegend, befand sich die Feuerwehr von Tremsdorf. Gewöhnlich treffen sich Kinder auf dem Spielplatz gleich nebenan und zu späterer Stunde waren auch mal Jugendliche anzutreffen.

Sarah war sich sicher, Jule dort zu finden oder jemanden fragen zu können, der weiß, wo sie steckt. Nachdenklich folgte Sarah dem soeben beginnenden Asphalt.

„Jule? Jule, wo bist du?", rief sie. Irgendwo schlug ein Hofhund an und ein weiterer. Sie lief an dem seit Jahren geschlossenen Dorfkrug vorbei und konnte bereits den Vorplatz der Feuerwehr im kargen Licht der einzigen Straßenlaterne erkennen.

„Jule?", rief sie erneut. Nichts! Wieder bellte ein Hund.

Anfangs kaum merklich, löste sich neben ihr vorsichtig ein Schatten von einem Baum und rannte plötzlich davon. Die zierliche Gestalt verschwand mit langen Sätzen hinterm Löschhaus. Sarah fasste sich nach kurzem Schreck ein Herz und jagte hinterher. Wieder verschwand die kleine Gestalt, diesmal vom Gebäude weg, an den Hinterhöfen entlang.

„Jule? Jule, warte!" Sarah war sich sicher, durch den Schein einer schwachen Laterne ihre Nichte erkannt zu haben und spurtete entschlossen drauf los. Das Mädchen schien nicht gewillt zu sein, sich von ihrer Tante einholen zu lassen. Sie blieb taub für alle Rufe und rannte davon, so schnell sie ihre Beine trugen. Vorbei am Kindergarten, rüber zum ehemaligen Konsumladen, rechter Hand den zweistöckigen Wohnblock aus den 60ern liegen lassend, direkt zur kleinen Kreuzung Richtung Michendorf. Beinahe atemlos folgte Sarah ihr überall hin. Das Herz hämmerte ihr sorgenvoll im Körper. Irgendetwas stimmt mit Julchen nicht, dachte sie eben noch, als ihre Seiten anfingen zu stechen. Sie konnte nur noch in kurzen, abgehackten Stößen atmen. Sarah rannte weiter und rief wieder nach der Achtjährigen.

Jule blieb kurz stehen und zögerte.

Sie änderte die Richtung und setzte an, über die nächtliche Straße zu flitzen.

„Jule!", brüllte Sarah erschrocken. Von ihrer Position konnte sie den Lichtkegel eines heranfahrenden Autos erkennen. Sie erkannte, dass es viel zu schnell durch das Dorf raste. Das Auto fuhr um die Kurve und schnitt mit quietschenden Reifen die Gegenfahrbahn. Sarah machte einen Satz auf Jule zu, um sie noch rechtzeitig greifen und wegzerren zu können. Es war zu spät. Instinktiv wusste Sarah, dass dazu keine Gelegenheit mehr bleiben würde. Auch der Fahrer erkannte die Situation im letzten Moment und riss blitzschnell das Lenkrad herum. Sarah setzte mit einem verzweifelten Schwung zum erschrockenen Mädchen. Steif wie ein Brett stand Jule da und starrte auf die größer werdenden Lichter. Sarah stieß mit beiden Händen in Jules Rücken und schubste sie mit allen Kräften von der Straße.

Ein scharfer Ruck ging durch ihren Körper. Für einen Moment fühlte sie sich seltsam schwerelos. Krachend landete sie auf dem Asphalt. Der Belag fühlte sich wohlig warm an. Der typische Geruch, der von ihm strömte, war ihr von den heißen Sommertagen bei den Großeltern noch sehr vertraut. Sie mochte es. Zufrieden schloss Sarah die Augen. Die Hunde hörten auf zu bellen.

„Wie fühlen Sie sich?" Die Stimme einer Frau drang durch den Nebel. Eine dicke Watteschicht höhlte den Kopf aus. Gerade eben wollte sie wieder davonschweben, als sie etwas an ihrem Körper spürte. Eine Hand, die sie zurückhielt, die mit sanfter Mühe verhinderte wieder zu entschwinden. Ein leises Stöhnen entfuhr ihr, als sie die Augen öffnete und gegen die Helligkeit anblinzelte. Ein besorgtes Gesicht beugte sich über sie. Daneben tauchte eine Hand auf.

„Wie viele Finger sehen Sie, Frau Geppart?"

„Drei", flüsterte sie.

Marion Mucker nickte zufrieden. „Haben Sie Schmerzen?"

„Im Bauch, ein Ziehen, und der Kopf, aber es ist nicht so schlimm." Ihre Lider wollten wieder zufallen. Sarah bemühte sich, wach zu bleiben. Wie bei einer Szene aus einem Film kamen ihr die Bilder vom Unfall vor die Augen. Sie erinnerte sich nach und nach an das Geschehene. „Wie geht es Jule?"

„Sie hat einen ordentlichen Schreck und einige Schrammen abbekommen. Ansonsten geht es ihr gut. Sie haben sie gerade noch im letzten Moment von der Straße bringen können."

„Göttin sei Dank!"

„Allerdings wurden Sie vom rechten Kotflügel seitlich erwischt. Offensichtlich schleuderten Sie durch den Aufprall hoch und landeten bäuchlings auf'm Asphalt."

„Sind Sie gefahren?"

„Nein, ich wurde dazugerufen. Herr Bräuer, der Passauer, den Sie neulich zu mir brachten, der ist gefahren."

„Der Angeschossene?"

„Ja genau! Der Krueger befragt ihn gerade und nimmt ein Protokoll auf. Offenbar war es aber ein Unfall, für den der Herr Bräuer nichts konnte. Jule ist wohl auf die Straße gelaufen, ohne sich umzu…"

„Wenn der Passauer nicht so gerast wäre, hätte Jule vielleicht noch alleine ausweichen können", warf die verletzte Sarah schnell ein.

„Krueger schätzt, dass Herr Bräuer nicht schneller als erlaubt gefahren ist, aber genauer werden wir das natürlich erst nach den Ermittlungen wissen."

Sarah biss die Zähne zusammen, als eine heiße Schmerzwelle durch ihren Leib raste. „Sollte das nicht besser die Polizei aus der Stadt untersuchen, als unser Dorfsheriff? Kann der das über...“ Sie stöhnte auf. Wieder ein krampfartiger Schmerz um die Leistengegend. Die Landärztin bemerkte es und eilte zum Spritzenschrank. Schnell griff sie nach dem Gesuchten und behandelte Sarah auf der Liege. Sarah bemerkte erst jetzt, wo sie war. Vor dem Fenster war es tiefste Nacht. Wolken bedeckten den Himmel, sodass kein Stern zu sehen war. Auf einem Stuhl, der rechts neben der Tür stand, lag ihre Kleidung. Sie war blutig. Eben, als sie darüber nachdachte, wo sie sich verletzt haben konnte, klang es von Mucker: „Ich muss Ihnen leider etwas sagen, Frau Geppart.“

Sarahs Herz begann zu rasen, als wollte es jeden Moment aus ihrer Brust springen. „Ja?“, fragte sie leise.

„Für Sie ist der Unfall leider nicht so glimpflich abgelaufen wie für Jule.“

„Bin ich verletzt? Wie schlimm ist es?“

„Sie haben einige Schrammen und einen riesigen blauen Fleck an der linken Oberschenkelseite, einige kleinere am Körper verteilt, aber das wird alles wieder schnell verheilen.“ Marion Mucker zögerte einen Moment und beugte sich zu ihrer Patientin. „Wussten Sie, dass Sie schwanger waren?“

Die Frage traf Sarah wie ein eiskalter Guss. Schwanger waren ..., klang es ihr im Kopf nach. Tränen brannten in ihren Augen, denn sie ahnte, was noch kommen würde. „Ich habe es vermutet“, gab sie tonlos zurück. „Ganz sicher war ich mir noch nicht.“

„Sie waren im zweiten Monat, schätze ich. Sie haben den Fötus verloren, Frau Geppart. Es tut mir wirklich sehr leid.“

Sarah konnte sich nicht rühren, war zu keinem klaren Gedanken fähig. In ihrem Innersten tobte ein Schmerz, der sie lähmte. Sie hatte sich so sehnlichst gewünscht, schwanger zu sein, als sich die ersten Anzeichen meldeten. Sie hatte sich ausgemalt, wie sie es Petra sagen würde.

„Weiß ...“ Sie musste sich räuspern, doch die Stimme versagte und ihr Blick war durch die Tränen verschwommen, die unaufhaltsam ihre Augen füllten.

„Ja!“, begriff die Landärztin sofort. „Sie wartet draußen. Möchten Sie Pe-tra sehen?“

Sarah zögerte und legte eine Hand auf ihren Bauch. Sie kam sich leer und verloren vor.

„Sie können wieder Kinder haben, Sarah ... Ich weiß, das ist jetzt kein Trost, aber irgendwann wird es einer sein ... Glauben Sie mir!"

„Es ist meine Schuld", flüsterte sie. Heiße Tränen rollten über ihre Wangen. „Ich hätte besser aufpassen müssen."

„Das haben Sie doch. Sie konnten doch Jule nicht im Stich lassen. Sie wäre bei dem Unfall sicher schwer verletzt worden. Niemand kann etwas dafür, dass es soweit gekommen ist."

Hätte Bernd selber seine Tochter gesucht, dann wäre mein Baby noch am Leben. Hastig drängte Sarah diesen Gedanken wieder weg. Ihr Schwager hatte nicht ahnen können, dass so etwas passierte. Sie durfte ihm keine Vorwürfe machen.

„Soll ich Ihre Frau hereinbitten, Sarah?"

„Ja." Sie schloss die Augen als die Ärztin hinausging und öffnete sie erst wieder, als sie einen sanften Kuss auf ihren Lippen spürte.

„Wie geht's dir, mein Hase?" Das Gesicht ihrer Frau war grau und so aufgewühlt, dass eine neue Tränenflut aus Sarahs Augen stürzte. Da nahm Petra sie sanft in die Arme und wiegte sie hin und her wie ein Kind.

„Es ist meine Schuld", wisperte sie. „Ich war unvorsichtig, und das hat unserem Baby das Leben gekostet."

„Sag das nicht." Sanft, aber bestimmt, schob Petra Sarah ein Stück von sich und sah sie eindringlich an. „Du hast Jule das Leben gerettet. Niemand konnte wissen, dass du dadurch unser Kind verlierst ... Es war 'n Unfall."

„Aber ..." Sie wischte sich über die Augen. „Oh Petra, unser Baby!"

Petra nickte traurig. „Ich weiß, unser Baby ..." Sie hielt sie fest, und Sarah schlang die Arme um Petras Nacken. So saßen sie lange Zeit, ohne ein einziges Wort zu sagen. Sie hielten sich einfach nur fest.

„Ich habe mir so sehr ein Kind mit dir gewünscht ..."

„Ich weiß und ich mir auch mit dir. Aber es ist nicht zu spät. Frau Mucker sagt, du kannst wieder Kinder hab'n. Wenn wir uns ein wenig davon erholt haben, geh'n wir noch mal zur Praxis nach Potsdam, da hab'n wir noch jede Menge Zeugs gelagert."

„Vielleicht, doch es wird nicht dieses Kind sein." Sie senkte den Kopf. „Außerdem hatte ich gehofft, das Baby würde aus uns endlich eine Familie machen."

„Hase, das sind wir doch schon."

„Nein, ich meine deine Eltern, Bernd mit Jule und wir beide. Ich dachte, sie würden mich endlich akzeptieren, wenn ich ein Kind bekomme."

Petra erstarrte für einen Augenblick, dann ließ sie Sarah los. Ihre Miene verdunkelte sich. „Ein Kind ist kein Mittel zum Zweck, Sarah."

„So habe ich es auch nicht gemeint ..."

„Es hat sich aber so angehört. Willst du etwa nur deshalb ein Kind mit mir, um dich bei meiner Familie einzuschmeicheln?"

„Petra!" Bestürzt sah sie sie an. „Wie kannst du so etwas sagen? Ich möchte ein Baby mit dir haben, weil wir zwei zusammen gehören. Weil, ... Wir beide haben es in unseren Flitterwochen getan, weil wir uns lieben ... Ich liebe dich! Das ist der einzige Grund für mich." Petras Miene versetzte ihr einen Stich. Verletzt sah Sarah sie an. „Es stimmt, ich hatte gehofft, ein Kind würde das angespannte Verhältnis Zuhause ein bisschen lockern, aber das ist nicht der Grund, weshalb ich mir ein Baby wünsche."

Petra schwieg einen Augenblick, dann lenkte sie ein: „Vielleicht war ich ungerecht. Es tut mir leid, Sarah. Dieser Abend war einfach furchtbar. Zuerst die Angst um dich und dann die Nachricht, dass unser Baby verlor'n ist ... Womöglich kann ich nicht mehr klar denken." Sie fuhr sich durch die kurzen Haare. „Verzeihst du mir?"

Sarah nickte. Doch ein Stachel in ihrem Herzen blieb.

Unmerklich übermannte sie die Müdigkeit wieder und sie fiel in einen unruhigen Schlummer.

Als sie wieder aufwachte, saß nicht Petra an ihrem Bett sondern Schwester Agnes in weißer Schwesterntracht, die sie freundlich anlächelte. „Na, wieder wach?"

Sarah nickte matt. „Sind Sie schon lange da?"

„Das kann man wohl sagen! Frau Doktor Mucker bat mich, nach Ihnen zu schauen, mein Kind. Sie haben beinahe vierundzwanzig Stunden geschlafen!"

„Was? Aber das kann unmöglich wahr sein!" Sarah richtete sich auf den Ellbogen auf und spähte aus dem Fenster. Draußen glitzerten zahllose Sterne am Nachthimmel. Wie es aussah, waren die Wolken mit dem neuen Tag weitergezogen.

„Keine Sorge, Sie haben nichts verpasst", begütigte Agnes warmherzig. „Frau Doktor hat Ihnen gestern ein leichtes Schlafmittel gespritzt, damit Sie sich erholen können. Wie fühlen Sie sich?"

„Als wär' ich bei einer Party im Koschuweit gewesen. Total matt und gerädert."

„Das glaube ich. Das kommt vom Schlafmittel, und Ihr Körper musste ja so einiges überstehen. Was halten Sie davon, wenn ich Ihnen ein paar Sachen zum zurechtmachen bringe? Und während Sie sich ein wenig frisch machen, bitte ich Bogdan, Ihnen eine Mahlzeit zu zaubern."

„Ich habe keinen Hunger", wehrte Sarah ab.

„Glauben Sie mir, wenn Sie Bogdans bosnische Krautwickel sehen, werden Sie Hunger bekommen." Schwester Agnes zwinkerte ihr zu.

Sarah kämpfte mit den Tränen. „War Petra heute hier?"

„Und ob! Zwei Stunden saß sie am Bett und hielt Ihre Hand. Am liebsten wäre sie wohl heute Nacht noch hier geblieben."

„Wirklich?" Angespannt dachte Sarah an ihren Vorwurf, sie würde ein Baby nur als Mittel zum Zweck wollen.

„Sie liebt Sie sehr", sagte Schwester Agnes. „Das kann eine Blinde sehen. Haben Sie keine Angst, es wird alles wieder gut."

Sarah nickte unmerklich. Schwester Agnes' freundliche Worte taten ihr gut. Und plötzlich keimte in ihr eine Idee auf. Eine Idee, die ihr Leben von Grund auf verändern sollte.

***

Noch weitere zwei Tage musste Sarah in der Praxis bleiben. Sie bekam Fieber, weshalb die Landärztin kein Risiko eingehen wollte und sie in ihrem Haus zur Beobachtung behielt. Während Sarah allein im Bett lag, hatte sie viel Muße, um über ihren Plan nachzudenken. Und je länger sie das tat, desto überzeugter wurde sie in ihrem Entschluss, ihn in die Tat umzusetzen.

Als Petra schließlich kam, um ihre Frau nach Hause zu holen, vertraute sie ihr das Vorhaben an und fragte sie nach ihrer Meinung.

„Du willst was?", dröhnte es aus Petra heraus.

„Ich will Krankenschwester werden", erwiderte Sarah.

„Krankenschwester? Wie kommst du denn auf diese Idee?"

„Ich suche schon lange eine Aufgabe, die mich ausfüllt. Auf dem Hof deiner Eltern kann ich mich nicht nützlich machen. Und mein Studium habe ich auch nach unserer Hochzeit abgebrochen. Ich brauche etwas zu tun!"

„Du könntest dein Studium wieder aufnehm'n. Dann schreibst du dich eben in Potsdam ein, da hast du es nicht so weit."

„Nein, nein. An einer Uni habe ich mich auch nie so recht wohlgefühlt. Da bin ich nicht die Richtige für. Ich sollte lieber für Menschen da sein, als ewig an Computern oder in überfüllten Seminarräumen zu sitzen."

Petra ließ sich auf den Bettrand sinken und sah sie verwirrt an. „Und deshalb willst du Krankenschwester werden?"

Sarah nickte. „Ich möchte gern für Kranke da sein, Leute, die mich brauchen. Und wenn ich tagsüber arbeite und lerne, gibt es auch nicht mehr so viele Reibereien Daheim. Dann sehen mich deine Eltern seltener."

„Meine Mutter wird sich auch so daran gewöhnen müssen, dass wir verheiratet sind. Halte noch 'n bisschen durch."

„Nein, ich möchte nicht mehr warten."

„Aber so 'ne Ausbildung kannst du nur in Potsdam oder Berlin machen. Da musst du immer pendeln. Und zwar Tag für Tag! Wie soll das geh'n? Du hast noch nicht 'mal eine Fläppen!"

„Mit dem Bus ist das gar kein Problem. Und den Führerschein kann ich jederzeit nachholen. Die Landärztin hat versprochen, mir bei der Suche nach einem Ausbildungsplatz in Potsdam zu helfen. Sogar das Praktikum darf ich bei ihr machen, da sie ein kleines Krankenzimmer mit zwei Betten hat."

„Mensch, du hast das alles schon durchgeplant, was? Da brauch' ich ja nichts mehr zu sagen." Sie schob ärgerlich die Brauen zusammen.

Sarah streichelte sanft ihre Hand. „Doch, ich möchte wissen, wie du dazu stehst. Findest du die Idee so schlecht?"

„Und ob", brummte sie. „Ich will nicht, dass du gehst und fernbleibst."

„Aber viele Paare arbeiten und sind deshalb tagsüber getrennt. Das ist normal."

„Das kann schon sein. Denk' trotzdem noch mal d'rüber nach, Sarah … Du bist jetzt verletzt und traurig, weil wir unser Baby verlor'n haben. Das versteh' ich ja. Triff' jetzt keine übereilte Entscheidungen, die du vielleicht schon bald wieder bereust."

„Mein Plan ist keine Flucht vor der Realität oder so. Ich hätte das schon längst machen sollen, dann wäre uns vielleicht viel Streit Daheim erspart geblieben. Deine Eltern und ich sind zu verschieden, um Tag für Tag so nah aufeinander zu hocken."

„Mama hatte also Recht", sagte Petra dumpf. „Es zieht dich wieder zurück in'ne Stadt."

„Nein, gerade weil ich bei dir bleiben möchte, suche ich nach einem Ausweg aus diesem ewigen Stress", verteidigte sich Sarah.

„Was soll denn das für 'ne Ehe sein, wenn du bis spät abends fort bist?" Petra resignierte.

„Was ist es denn jetzt für eine Ehe?" Sarah warf beide Arme nach oben. „Ich werde doch nur geduldet auf eurem Hof. Das will ich nicht länger. Ich möchte etwas nützliches mit meinem Leben anfangen."

„Das kannst du doch auch hier! Tritt 'nem Naturschutzverein bei, hilf' der Bürgermeisterin oder geh' zur Feuerwehr. Die freu'n sich immer über Nachwuchs. Meinetwegen kannst du dich auch weiterhin um den alten Bock kümmern."

„Bitte, was soll ich?" Sarah zuckte ungläubig zusammen. „Das kann nicht dein Ernst sein! Ich hatte gehofft, du würdest mich verstehen und unterstützen. Aber für dich sind meine Zukunftspläne wohl nur Hirngespinste, was?"

„Nein, Sarah, ich wollt' damit nur sagen, dass du überhaupt nicht arbeiten musst. Ich kann für uns beide sorgen! Der Hof wirft genug ab."

„Ich möchte aber gern arbeiten. Bitte verstehe mich, Petra! Daheim fällt mir die Decke auf den Kopf."

„Und wie soll das werden, wenn wir es noch 'mal versuchen und du wieder schwanger wirst? Eine Ausbildung und 'n Baby unter einen Hut zu bringen, ist verflixt schwierig."

Bedrückt wich Sarah ihrem Blick aus und legte ihre rechte Hand auf den flachen Bauch. „Petra, ich … ich weiß nicht, wann ich es noch mal versuchen möchte. Im Moment will ich nicht einmal daran denken. Es tut noch zu weh. Wir haben gerade erst ein Kind verloren. Der Gedanke an ein anderes …" Sie schüttelte unmerklich den Kopf. „Ich brauche ein bisschen Zeit, um darüber hinwegzukommen."

„Willst du damit sagen, du willst kein Baby mehr?"

„Nein, natürlich nicht. Nur im Moment möchte ich nicht schwanger werden."

Petra sah sie wie vor den Kopf gestoßen an. „Mensch, Sarah, ich erkenn' dich nicht wieder."

„Es muss sich etwas ändern", erwiderte sie leise. „Das ist doch wohl klar, oder?"

Petra zögerte. „Ich verstehe dich ja, du hast es bei den Eltern wirklich nicht leicht. Trotzdem muss ich das erst einmal verdau'n." Ihr Gesicht blieb undurchdringlich, als sie die Tasche nahm und Sarah nach Hause brachte. Den ganzen Weg über sagte sie kein Wort. Sarah schob ihre Hand in Petras rechte. Darauf drückte sie diese liebevoll, blieb aber dennoch den gesamten Heimweg schweigend.

***

Vor dem Geppart'schen Hof saß Bernd mit seinem Nähzeug auf einer Bank. Er genoss die letzten warmen Sonnenstrahlen des Tages. „Da bist du also wieder", begrüßte er Sarah kühl.

Sarah nickte. „Wie geht es Julchen?"

„Sie hat den Unfall gut überstanden." Bernd ließ die Hose sinken, auf die er gerade einen blauen Flicken nähte. Er sah Sarah vorwurfsvoll an. „Stimmt es, dass du Jule von der Straße gestoßen hast? Sie hat sich das Handgelenk dabei blutig geschrammt! Und ihre Hose ist zerrissen. Völlig kaputt."

„Ich hatte keine Wahl. Der Wagen kam rasend schnell auf sie zu ..."

„Das Mädchen wär' ihm sicher noch ausgewichen."

„Nein, Bernd, dass hätte sie nie geschafft. Sie stand da, völlig gelähmt vor Schreck. Wenn ich ihr nicht den Schubs gegeben hätte, wäre sie auf jeden Fall vom Auto erfasst worden."

„Das glaub' ich nicht. So unvorsichtig ist sie nicht."

Unfassbar sah Sarah ihren Schwager an. Sie hatte gerade ihr Baby verloren und seiner Tochter womöglich das Leben gerettet. Auf jeden Fall hätte sie mit einem herzlicheren Empfang gerechnet. Einem kleinen Dank oder wenigstens etwas weniger Feindseligkeit.

„Ich gehe ins Bett", sagte sie leise und ging auf die Hoftür zu, ohne noch einmal inne zu halten und ihre Frau Petra anzusehen. „Morgen früh fahre ich gleich nach Potsdam und suche einen Ausbildungsplatz. Ich werde schon was finden."

„Willst du es dir nicht noch einmal überlegen?", fragte Petra rau hinterher.

„Nein, ich habe endgültig meinen Entschluss gefasst. Falls ich noch für dieses Ausbildungsjahr einen Platz bekomme, trete ich ihn an."

Bernd sah von einer zur anderen. „Wovon redet ihr?"

„Ich möchte mich an der Schwesternschule bewerben ...'

„Du willst fort?" Bernd riss die Augen auf.

Sarah blieb wieder stehen.

„Nein, ich werde nur tagsüber nicht mehr hier sein."

„Ja, am Anfang vielleicht. Aber dann komm'n die Nachtschichten, die dich in der Stadt halten. Und lange Tage, an denen du für die Heimfahrt zu müde bist ... Du wirst dich in Potsdam schon einleben und immer öfter und lieber dort bleiben woll'n. So wird's kommen."

„Das wird nicht geschehen. Ich mache nur eine Ausbildung. Was ist so schlimm daran?"

„Nichts!", versicherte Bernd mit einem verschmitzten Grinsen im Gesicht. „Schließlich ist es deine Sache, wenn du deine Frau hier alleine lassen willst. Mach' dir keine Gedanken, ich sorg' mich schon um sie, wenn du nicht da bist."

Sarah wurde für einen Moment stutzig. Wie sollte sie diese Aussage verstehen? Sie wusste, dass Bernd ihrer Frau gelegentlich Komplimente machte. Bis jetzt hatte Petra nur darüber gescherzt und es abgetan ...

Ach, ich darf mich nicht verrückt machen lassen, rief sie sich still zur Ordnung, immerhin hat Petra nicht Bernd geheiratet sondern mich. Trotzdem stichelte eine leise Stimme in ihrem Hinterkopf: Bei der Hochzeit wusste Petra allerdings nicht, wie kompliziert unsere Ehe verlaufen würde ...

„Ich wusste, dass dir unser Dorf eines Tages zu klein sein wird", setzte Bernd erneut an. „Du bist eben 'ne Städterin!"

Sarah verschwand ohne ein Wort ins Haus.

„Sie wird nicht fortgeh'n", warf Petra mit gepresster Stimme ein. „Nicht für immer jedenfalls. Das werd' ich nicht hinnehmen." In einem jähen Gefühlssturm eilte sie Sarah nach und zog sie an sich und küsste ihre Frau mit wilder Verzweiflung.

Sarah ließ es geschehen und klammerte sich an sie, als stünden sie inmitten eines Sturms.

„Wir haben beide viel beim Unfall verlor'n", flüsterte Petra. „Ich werd' nicht zulassen, dass wir auch noch uns verlier'n!"

„Die Schutzbedürftigkeit anderer auf Dauer angelegter Lebensge-
meinschaften wird anerkannt.“

- Art. 26, Abs. 2, Verfassung des Landes Brandenburg

**Landeskoordinierungsstelle für LesBiSchwule Belange im
Land Brandenburg**

- Kostenlose Beratung zu allen Lebensfragen (auch anonym).

www.lks-brandenburg.de

Eine Initiative zur Erhöhung homosexueller Lebensfreuden in Potsdam

„Wie ist denn das passiert, Liebling?" Vorsichtig untersuchte Marion Mucker die blutende Hand der Bürgermeisterin. Vom Handballen bis zur Daumenspitze zog sich ein hässlicher Riss. Dunja Seles war eine stattliche und ansehnliche Frau, Anfang vierzig, mit einem bräunlichen Teint und stechend graublauen Augen. Das lockig lange Haar fiel ihr üppig über die Schultern.

Ihr Gesicht war verkniffen vor Schmerz. „Ich wollte eine Sichel für den alten Bock reparieren, weil das Blatt vom Stiel abgesprungen ist", erzählte sie gepresst. „Dabei bin ich abgerutscht und hab mir die Hand aufgerissen. Es hat wie verrückt geblutet." Sie deutete auf das blutrote Handtuch auf ihrem Schoß, welches zuvor um die Wunde gewickelt war.

Doktor Mucker bestand vorsichtshalber auf einer Röntgenaufnahme. Konzentriert betrachtete sie das Bild und nickte dann ihrer Patientin aufmunternd zu. „Du hast Glück gehabt, Liebling. Die Schneide hat keine Sehne verletzt. Ich werde dir den Schnitt nähen. Du musst auf jeden Fall die Hand mehrere Tage schonen, dann bist du bald wieder ganz die alte."

„Schönen Dank, Frau Doktor", presste die Bürgermeisterin gekränkt hervor. „Obwohl, in meinem Alter beginnt es schon, dieses Zwicken und Zwacken an sämtlichen Körperstellen." Und mit einem nicht ganz ernst gemeintem Seufzer fügte sie hinzu: „Die Alte kann dir jetzt schon ein Lied vom Altwerden singen."

„So hart wie du, packt so manch' junger Kerl nicht an."

„Das mag wohl sein, Doc. Frau tut, was sie kann ... Aber im Moment mache ich mir echt Sorgen um unser Dorfsäckel. Wir bezahlen daraus den neuen Kindergarten, die laufenden Kosten der Feuerwehr und noch einiges mehr, was die Tremsdorfer vermissen würden, wenn es das nicht mehr gäbe."

„Ganz sicher sogar!" Marion Mucker säuberte schmunzelnd die Wunde. Dann griff sie nach Nadel und Faden und nahm sich vor, die Bürgermeisterin in ein ablenkendes Gespräch zu verwickeln. „Steht es denn wirklich so schlimm?"

Dunja Seles hob die Schultern. „Es könnte besser sein. Demnächst steht die längst benötigte Reparatur des Löschhauses an. Das wird ein ordentliches Loch in unsere Dorfkasse reißen. Es gibt zwar einen Weg sie wieder aufzufüllen, aber das würde nicht ohne einen gehörigen Aufruhr im Dorf geschehen."

„Einen Aufruhr? Warum das denn? Wird laut Gemeindebeschluss das Nachbardorf überfallen?", fragte sie scherzhaft und setzte routiniert den ersten Stich.

„Au! Nein!", schleudert Dunja heraus und verzog den Mund zu einem schmerzverzogenem Grinsen. „Jemand aus Passau möchte die Genehmigung erhalten, bei uns einen kleinen, ‚aber feinen' Reiterhof zu eröffnen. Der würde unserem Dorf eine ordentliche Prämie dafür zahlen. Aber du weißt ja, wie inzwischen die meisten Einwohner dazu stehen und der Krueger hat mich jetzt schon ganz energisch gewarnt, die Finger davon zu lassen."

Marion Mucker nickte. „Zu Recht, sie wollen keine weiteren Hoteliers mehr, Investoren oder Drückerbanden vor der Türe haben. Es soll ruhig bleiben, so wie es nun endlich ist, Dank dir! Ehrlich gesagt, teile ich diese Auffassung, obwohl ich natürlich auch gerne etwas mehr zu tun hätte."

Zögernd wippte Dunja mit ihrem Kopf. „Sicherlich, dieses Gaunerpack brauchen wir nicht mehr. Doch das Geld vom Bräuer käme uns wirklich gelegen."

„Es findet sich sicher ein anderer Weg, um die Reparaturen zu bezahlen."

„Hoffentlich", seufzte die Bürgermeisterin, während sie gedankenversunken das konzentrierte Gesicht ihrer Geliebten betrachtete. Plötzlich kam ihr eine Idee. „Wir könnten ein Fest organisieren, ein Dorffest, zu dem alle kommen müssen, auch die aus Saarmund und Michendorf, die ganze Gegend eben. Wir könnten es an einem Wochenende stattfinden lassen, dann kommen auch die Städter. Wir verkaufen Kuchen, lassen den alten Fischer auf seinem Akkordeon klimpern und machen so ein bisschen auf Nostalgie und Landleben. Darauf stehen die Städter. Es gibt Spiele für die Kinder und abends Tanz für Jung und Alt. Das würde sich alles arrangieren lassen", strahlte sie voller Begeisterung. „Währenddessen sammeln wir halt Spendengelder für das Löschhaus. Jeder muss zahlen!"

„So, das war's!" Geschickt befestigte die Landärztin den letzten Knoten und begann den Verband zu legen.

Dunja Seles schaute verdutzt zu ihrer Naht. „Schon fertig? Das ging fix!"

„Ja, meine Schöne." Marion beugte sich vor und gab ihrer Freundin einen Kuss auf den Kopf. „Und deine Idee ist prima!"

Aus dem Arzneischrank gab Marion Mucker ihrer Patientin ein Schmerzmittel, mit dem Gebot, gleich zu ihr zu kommen, wenn sie Anzeichen von Fieber verspüre. „Versprochen!?"

„Mach ich, Doc Muck!" Die Bürgermeisterin begutachtete mit wichtiger Miene den Verband, erhob sich langsam und schmiegte sich zur Verabschiedung an ihre Heldin. Diese zog ihre Gerettete noch fester an sich heran und wanderte spielerisch mit ihren Lippen den Hals entlang. Genüsslich legte Dunja ihren Kopf zur Seite. Es gefiel ihr, wenn ihre Geliebte so mit ihr umging und sie wusste, dass sie dieses Spiel jetzt noch in eine weitere, intensivere Sphäre bringen konnte. Als sie gerade mit einem zärtlichen Kuss den Mund ihrer Geliebten einfangen wollte, klopfte es an der Tür. Noch ehe das erschrockene Paar: „Herein!", sagen konnte, stand auch schon Friedrich im Sprechzimmer.

„Hey, habt ihr kurz Zeit für mich?"

Ärztin und Patientin sahen kurz liebevoll einander an, lösten sich anmutig und gingen auf den Achtjährigen zu. „Was gibt es denn, Junge?", fragte Dunja Seles zögernd.

„Jule war heut' nicht in der Schule. Und gestern auch nicht. Zur Nuthe kommt sie auch nicht mehr. Wisst ihr, ob sie krank ist?" Erwartungsvoll schaute Friedrich zu den beiden Frauen auf.

„Nein, bei mir in der Praxis war sie nach dem Unfall jedenfalls nicht mehr."

„Machst du dir Sorgen um Jule?", fragte Dunja Seles, als sie sich zu Friedrich beugte und liebevoll seinen Rücken streichelte.

„Na ja, sie war in den letzten Tagen auf'm Schulhof ziemlich komisch. Man konnte nichts mit ihr anfangen, kein Wort hat sie gesagt."

„Hast du sie mal darauf angesprochen?", fragte Marion Mucker.

„Klar! Aber ich solle verschwinden, sie in Ruhe lassen und mich um meinen Kram kümmern." Friedrich wurde sichtlich erregter bei seiner Schilderung. „Da stimmt doch was nicht. Sie ist sonst nicht so. Sie ist meine beste Freundin und nun ist sie auf einmal so seltsam."

„Ja, das klingt wirklich seltsam", bestätigte Dunja Seles nachdenklich.

„Kannst du 'mal bei ihr vorbeigehen?", wollte Friedrich von seiner Mutter Marion wissen.

„Schon, aber warum gehst du nicht selber hin?"

„Das wollt' ich doch, aber sie war nicht Daheim. Außerdem ...“ Friedrich biss sich unschlüssig auf die Lippen. „Ihr Vater war so komisch. Er hat gesagt, Jule wär' jeden Tag in der Schule gewesen. Da wollt' ich sie nicht verpetzen, versteht ihr?"

„Bernd Geppart glaubt also, Jule wäre jeden Tag in der Schule gewesen?", stellte fragend die Bürgermeisterin fest. „Schatz, da solltest du mal nachhaken, wer weiß, was bei den Gepparts los ist?"

„Hm, mir gefällt auch nicht, dass der Vater nichts davon weiß. Ich werde sie einmal besuchen und versuchen herauszufinden, was los ist."

„Danke, Mama! Danke, euch beiden!" Friedrich war sichtlich erleichtert und drückte beide Muttis ganz fest.

Was ist nur mit Jule los?, überlegte Marion Mucker besorgt. Sie ist ein fleißiges, aber auch verträumtes Mädchen. Wieso schwänzt sie die Schule? Das sieht ihr gar nicht ähnlich!

***

„Es hat geklappt!" Aufgeregt eilte Sarah ihrer Frau entgegen, die gerade von der Obstplantage schlenderte. Ihr Hemd war verschwitzt und die Hose voller Staub. Obwohl sich der Sommer langsam dem Herbst zuneigte, waren die Tage noch lang und heiß.

Petra blieb stehen. „Du hast den Ausbildungsplatz bekommen?"

„Ja, stell dir vor, ich kann im Klinikum meine Ausbildung anfangen. Heute Vormittag bin ich mit dem Bus nach Potsdam gefahren und habe mir alles angesehen. Der Assistenzarzt der Röntgenabteilung war so nett, mich herumzuführen. Die Ausstattung ist sehr modern. Es gibt medizinische Geräte, von denen ich noch nicht einmal wusste, dass es die gibt! Ich werde dort eine Unmenge lernen. Ach, ich kann es kaum erwarten", schwärmte Sarah.

„Es macht dich also glücklich?"

„Ja, ich ... ich glaube schon." Sarah blickte fragend zu ihrer Frau auf. „Was sagst du dazu?"

„Wenn es dich glücklich macht, Hase, freu' ich mich natürlich", kam es leise. „Du hast 'n großes Herz und wirst bestimmt 'ne gute Krankenschwester sein. Ich hoff' nur, ich muss mir nicht erst 'nen Finger

57

brechen, damit wir zwei uns weiterhin seh'n können." Obwohl sie es scherzhaft sagte, hörte Sarah ganz genau die Sorge heraus.

„Ganz bestimmt nicht!", versicherte sie ihr. „Ich werde so oft zu Hause sein, wie ich kann. Sicher wird es eine Umstellung sein, aber wir zwei schaffen das."

„Na klar, aber ich werd' dich dennoch vermissen", setzte Petra nach.

„Du wirst mich jeden Abend wieder haben. Wenn ich nicht gerade Spät- oder Nachtdienst habe", schränkte Sarah gleich ein und presste ihre neuen Bücher an sich, die sie aus der Stadt mitgebracht hatte.

Petra neigte den Kopf und las einen Titel.

„Das sind meine Lehrbücher", erklärte Sarah freudig.

„'Notfälle in der Gynäkologie und Geburtshilfe'", las Petra laut. „Willst du dich der Frauenheilkunde verschreiben?"

„Am liebsten ja. Vorerst möchte ich alles kennenlernen, aber später möchte ich gerne auf einer Frauen- oder Kinderstation arbeiten."

Petra fasste ihre Hand und drückte sie innig. Ihr Blikk verriet, dass sie verstand. Sarah wollte Frauen helfen, die dasselbe durchmachten wie sie jetzt, die schlaflose Nächte verbrachten und um ihr verlorenes Kind weinten.

„Geh'n wir hinein", sagte Petra und strebte dem Haus zu, ohne ihre Hand loszulassen. Ein wohliges und zuversichtliches Gefühl durchfloss Sarah. Endlich.

Als sie zusammen die Küche betraten, blickten der Schwager und die Eltern stirnrunzelnd auf Sarah. Das anhaltende Schweigen war drückend.

„Ich habe uns Dinkelkekse aus Potsdam mitgebracht", versuchte Sarah die Stille zu brechen und legte eine Tüte auf den Tisch.

„Kekse aus Dinkel?" Der pensionierte Besamer beäugte misstrauisch die Tüte. Er schüttelte erst die Tüte und dann den Kopf. „Kenn'ick nich", entschied Lothar Geppart laut.

Die alte Geppart und der Schwager starrten Sarah stumm an. Sie seufzte unhörbar. „Ich werde noch auf einen Sprung zu Hans Bock gehen", überlegte sie laut.

„Isst du nicht mit uns?", fragte Petra.

„Doch, bis zum Essen bin ich zurück. Aber ich habe ihm versprochen, heute sein Abendessen zu kochen."

„Der arme Kerl", stichelte der Schwager.

Sarah überhörte den Einwurf. Sie wollte keinen so heftigen Streit mehr, wie es in den letzten Tagen immer häufiger wurde. Jetzt, wo alles so läuft, wie sie es sich vorgestellt hatte, wollte sie Frieden im Haus.

„Hans Bock kann froh sein, wenn Sarah für ihn kocht", warf Petra ein. „Mit Sarahs Vorliebe für Gesundes, wird er bei ihrem Essen bestimmt über hundert werden!"

„Aber sicher!" Schwager Bernd hob spöttisch eine Braue. „Wer kümmert sich eigentlich im Moment um seine Tiere?"

Sarah strich sich eine Locke aus dem Gesicht. „Er selbst. Die Landärztin hat ihm geholfen, wieder auf die Beine zu kommen. Einige andere Bewohner helfen auch mal aus. Allerdings wird das auf Dauer nicht die Lösung sein. Die Gicht in den Fingern wird sich sicher verschlimmern und dann ..."

„Ich werd' ihm gleich 'n bisschen zur Hand geh'n", entschied Petra. „Nimmst du mich mit?"

„Ja gern!" Sarahs Augen strahlten Petra voller Liebe und Dankbarkeit an. „Willst du das wirklich tun?"

„Klar", nickte sie. „Bei deiner Ausbildung kann ich dir leider nicht viel helf'n, ich versteh' nichts von Medizin. Aber ich kann für dich beim alten Bock einspringen."

„Danke!" Sarah umarmte Petra stürmisch. Ja, es wird alles wieder gut, dachte sie hoffnungsvoll, als sie zusammen die Küche verließen, um sich gleich auf den Weg zu machen.

Sie überhörten einfach das Getuschel, das wieder in der Küche einsetzte.

„Was findet Petra nur an der?", murmelte Bernd. „Sie ist und bleibt 'ne Fremde und wird sie nur unglücklich machen."

Der Schwager verschränkte verbittert die Arme. Um nichts in der Welt hätte Bernd zugegeben, dass er gerne an Petras Seite wäre. Sie war eine attraktive und starke Frau, die eines Tages den elterlichen Hof übernehmen würde. Er hatte mit dem Tod seiner Frau auf einen Schlag alles verloren, was er sich je erträumt hatte. Nun, in Petras Gestalt, war es für ihn wieder zum Greifen nah.

„Sarah weiß gar nicht zu schätz'n, was sie an Petra hat!", sagte er bitter.

„Leider", stimmte die Alte ein, „aber da tut man nüscht mach'n könn'n."

„Man kann immer etwas mach'n!"

„Klingst so optimistisch." Die Geppart'sche sah ihn wehmütig an. „Würdest viel besser zur Petra passen als de verwöhnte Stadtjöre. Petra denkt Sarah zu lieb'n und merkt nich 'mal, damit se schon bald ihr Leben in die Stadt verbring'n tut. Wird so komm'n, wie ick'it schon immer sajen tu. Sie hätt' dir heirat'n soll'n, nich die!"

„Wirklich? Dann hättest du nichts dagegen, wenn ich um Petra kämpfe?" Bernd setzte sich aufrecht und grinste erfreut. „Ich bin ihr nämlich ganz schön zugetan."

„Wär' mir recht! Nur, wie tust'it anstell'n, Petra für dir zu gewinn'n?"

„Ganz einfach! Lass mich nur machen, Mutter!"

***

„Hier steckst du also!" Marion Mucker kletterte das letzte Stück zum alten Nazibunker rauf. Dabei musste sie sich mit der Hand an herausragenden Eisenstangen festhalten und hochziehen. Schließlich stemmte sie sich zu dem Vorsprung, auf dem Jule saß.

Der alte Bunker war ein Überbleibsel aus alten Kriegstagen. Viel war nicht mehr von ihm übrig, doch seit Generationen verbrachten hier heimlich die Dorfkinder ihre freien Stunden, obwohl es strengstens verboten war. In den Sechzigern verbrannten sich zwei Jungen Hände und Gesicht, als sie beim Spielen einen, wie sie dachten, leeren Benzinkanister der Deutschen Wehrmacht fanden. Sie steckten brennende Streichhölzer rein, bis der Kanister Funken fing und ein explosionsartiger Feuerstoß die Jungen erfasste. Seither bläuten die Eltern ihren Kindern ein, nicht beim Nazibunker zu spielen.

Die Aussicht vom erhöhten Bunkerdach war spektakulär. Die ganze Gegend ließ sich überblicken. Die geziegelten Häuser im meist märkischen Stil sahen wie kleine Spielzeugmodelle aus, die inmitten eines wogenden gelbgrünen Meeres platziert wurden. Die Sonne schien warm auf die satten Felder.

Jule saß auf einem Vorsprung am Rande des Betondaches und hatte die Beine an den Körper gezogen. Sie blickte auf und starrte die herankletternde Ärztin verwundert an.

„Wie hab'n Sie mich gefunden?"

„Dein Vater hat mir gesagt, dass du in der Schule bist. Und da ich weiß, dass es nicht stimmt, musste ich nicht lange überlegen, wo sich ein Kind aufhält, das von keinem Erwachsenen gesehen werden will ...

Ich war schon Jahre nicht mehr hier." Schwärmerisch betrachtete Marion Mucker die Gegend. „Du bist wohl gerne hier?"

Jule zuckte mit den Schultern. Schnaufend ließ sich Marion Mucker neben Jule nieder und blickte schweigend in die Landschaft. Nur der Wind in den Ästen und das Surren der Insekten waren noch zu hören.

„Friedrich hat bald Geburtstag", sagte sie nach einer Weile. „Ich möchte ihm eine Überraschungsparty ausrichten."

„Werd' nichts verraten", erklärte Jule sofort und hob schwörend Zeige- und Mittelfinger der rechten Hand.

„Fein, ich möchte dich nämlich gerne zu der Feier einladen." Marion Mucker zog einen Umschlag aus der Jacke. „Hier ist die Einladungskarte. Es gibt ein Picknick am großen Fischzuchtsee und natürlich auch Spiele und viele Überraschungen." ·

„Am See?", fragte Jule verwundert. „Aber da wird uns der alte Sielaff verjag'n. Der lässt nicht mit sich spaß'n. Mich hat er schon mal ordentlich an den Ohren gezog'n, als wir dort angeln wollten." Schnell griff Jule mit ihrer Hand zum Kopf und rieb sich unwillkürlich das linke Ohr, als täte es ihr immer noch weh.

„Das werde ich noch heute mit unserer Bürgermeisterin klären. Das wird schon klappen. Ansonsten tricksen wir den alten Knaben aus, was?" Beide sahen sich an und schmunzelten verwegen. Doch schnell verfinsterte sich wieder Jules Gesicht.

„Ich ... ich kann nicht komm'n." Jule legte die Einladung neben sich.

Überrascht ließ die Landärztin ihre Hand zur Karte sinken. „Warum denn nicht?"

„Weil ich es nicht verdiene", flüsterte Jule mit gesenktem Kopf.

„Das verstehe ich nicht. Wieso verdienst du es nicht zu Friedrichs Geburtstagsparty zu kommen? Habt ihr zwei Streit?"

„Nein, aber ich ... ach ... nein, ich darf's nicht sag'n", brach es aus dem Mädchen heraus. Dann schlug sie die Hände vors Gesicht und begann fürchterlich zu schluchzen.

„Was bedrückt dich, meine Kleine?", fragte Marion Mucker besorgt und legte eine Hand auf Jules Schulter.

„Du kannst mir alles sagen", lenkte sie ein. „Du weißt doch, dass du mir vertrauen kannst und vielleicht kann ich dir sogar bei deinem Problem helfen. Doch dazu muss ich erst einmal wissen, was dich so sehr bedrückt."

Das Schluchzen ließ ein wenig nach. Schließlich hob Jule das verweinte Gesicht und blickte die Ärztin an. „Sie dürfen wirklich niemandem davon 'was erzählen, auch dem Krueger nicht!"

Dem Wachtmeister? Marion Mucker ließ sich ihre Verwunderung nicht anmerken. Was ist der Kleinen bloß passiert? Innerlich spannte sie an und fragte sich, was Jule ihr wohl beichten würde.

„Ich werde alles machen, dass es dir wieder gut geht", versicherte sie. Geduldig wartete sie auf Jules Schilderungen.

„Ich hab' 'was furchtbar Schlimmes getan", flüsterte sie. „Ich, ... ich hab' Muttis Luftgewehr genommen und damit im Wald geschoss'n. Ich wollt' üben, so wie wir es früher zusammen taten."

„Wie bist du an das Gewehr gekommen?"

„Ich weiß, wo Papa den Schlüssel für ihre Waffensammlung aufbewahrt. Im Nähkasten ...", antwortete Jule leise, den Kopf wieder gesenkt.

„Ja?"

„Mama hat mir doch gezeigt, wie man schießt. Zuerst ging auch alles gut, wie üblich. Na und dann hörte ich plötzlich jemanden komm'n und bekam Schiss, dass mich wer sieht. Eigentlich wollt' ich mich g'rad' verstecken ...", Jule schluckte. „Da bin ich wohl über 'was gestolpert und 'n Schuss ging los ... Ich hab' 'nen Mann getroffen."

„Ingo Bräuer, den Passauer?"

Jule nickte. „Ich wollt's nicht. Wirklich nicht! Normalerweise trag' ich die Flinte nicht geladen mit mir rum, doch als ich plötzlich die Schritte hörte, hab' ich befürchtet, es sei Papa."

„Warum bist du damit nicht schon eher zu mir gekommen?"

„Wegen Papa, ich hatte so schreckliche Angst, dass er davon erfährt. Er wär' sauer geworden. Seit Mami nicht mehr da ist, sagt er oft, dass er nur noch mich hat. Ich wollt' ihn nicht wieder traurig machen."

„Ach, kleines Julchen." Mit einer erleichterten Geste nahm Marion Mucker das Mädchen in den Arm. „Es war wirklich keine gute Idee, alleine im Wald zu schießen. Und dass du die Schule schwänzt und all' deinen Freunden aus dem Weg gehst, hat es nicht besser gemacht. Es hilft nichts, die Wahrheit zu unterdrücken. Das macht einen nur krank, glaub mir!"

Jule schlug die Augen nieder und nickte bestätigend.

„Früher oder später kommt sie meistens ans Licht. Je länger man wartet, desto schwerer wird es, stimmt's? Ich habe da auch so manche Erfahrung gemacht." Marion Mucker sah wieder in die Ferne.

„Wird der Bräuer wieder gesund?", wollte Jule wissen.

„Ja, die Narbe im Gesicht und auch der Arm werden wieder verheilen. Und nach allem, was du mir erzählt hast, war es ein Unfall." Marion Mucker stand auf und nickte Jule aufmunternd zu. „Komm, dein Vater muss wissen, was geschehen ist."

„Nein, oh nein, bitte, Sie dürfen es ihm nicht sagen. Das haben Sie mir versprochen!"

„Aber er ist dein Vater, Jule. Er muss es wissen, damit er für dich eintreten kann und dir zur Seite steht, falls es noch mehr Ärger gibt."

Jule schüttelte heftig den Kopf. „Bitte, Frau Mucker, sagen Sie es nicht."

„Dann musst du es selbst tun."

„Das kann ich nicht", erwiderte sie verstört. Das Kind war völlig verwirrt.

„Wie sollen wir es denn nun machen, Julchen? Dein Papa muss es wissen. Stell dir vor, der Herr Bräuer macht eine Anzeige, dann wird die Polizei ermitteln."

Jule erschreckte und wurde hochrot. Ihr wurde klar, dass sie handeln musste.

Marion Mucker zögerte. „Es wird nicht leichter, wenn du wartest."

„Nur bis morgen." Flehentlich sah Jule auf. Da gab die Ärztin zögernd nach.

„Na gut. Aber du versprichst mir, nicht mehr die Schule zu schwänzen."

Jule stimmte zu, und schweigend wanderte ihr Blikk wieder in die Ferne, zu den Häusern. Das Handy der Landärztin unterbrach das Schweigen. Sie zog es aus ihrer Jackentasche und meldete sich: „Mucker!"

„Liebling, wir mussten gerade den Bock ins Klinikum einliefern lassen", hörte sie die Bürgermeisterin sagen. „Er ist auf der Straße vorm Kindergarten zusammengebrochen."

„Was? Wie konnte das denn passieren?"

„Das weiß ich nicht genau, aber Agnes meinte, er hätte sich kurz zuvor mit Bräuer gestritten. Angeblich hat man die Auseinandersetzung im ganzen Dorf gehört. Jedenfalls sah der alte Fischer Sielaff, wie Bock zusammensackte und rief gleich in Potsdam an."

„Oh je, wie geht es Hans Bock?"

„Leider nicht so gut."

Verrat

Was für ein aufregender Start! Sarah klopfte das Herz bis zum Hals, als sie vor dem stillgelegten Dorfkrug aus dem Bus stieg und sich auf den Heimweg über das frisch geerntete Feld machte. Sie konnte es kaum erwarten, ihrer Frau vom ersten Arbeitstag zu erzählen.

Es war sieben Uhr, als sie durch das Hoftor trat. Irgendwo krähte ein Hahn. Sarahs Gewissen meldete sich, denn es war bereits Morgen. Ihr erster Tag als Schwesternschülerin war aufregend gewesen und lang. Abends verpasste sie den letzten Bus nach Tremsdorf.

Petra hatte am Telefon nicht sehr froh darüber geklungen, als sie anrief, um Bescheid zu geben, dass sie im Schwesternwohnheim übernachten würde.

Auf dem Grundstück war noch alles ruhig. Nicht mal der Schwiegervater war zu sehen, dabei ist er immer als Erster auf den Beinen. Dass die Familie noch schlief, kam Sarah seltsam vor.

Leise betrat sie das Haus, stellte die Tasche an der Garderobe ab und schlich zur Stube. Noch in der Tür stockte sie und sah den liebevoll gedeckten Tisch für zwei Personen. Heruntergebrannte Kerzen und die guten Porzellanplatten mit verschiedenem Gemüse und kalt gewordener Braten verrieten, dass sich jemand ungeheure Mühe mit dem Essen gemacht hatte. Zwei Sektgläser standen bereit, von der Flasche, die mal im Kühler gestanden haben muss, gefüllt zu werden.

Sarah sank das Herz.

„Wollt' gestern deinen ersten Tag als Schwesternschülerin mit dir feiern", klang es plötzlich hinter ihr verschlafen.

Sie wirbelte herum und sah Petra verlegen an. „Es tut mir leid. Im Klinikum war Hochbetrieb. Ein Auffahrunfall bei Michendorf. Es gab alle Hände voll zu tun. Als ich wieder auf die Uhr blicken konnte, war es schon zu spät."

„Das sagtest du gestern bereits. Ist schon gut, das ist sicher nicht zum letzten Mal passiert."

„Nein, vermutlich nicht,...", bestätigte Sarah. „... aber ich werde mich bemühen, dass ich abends nicht so oft wegbleiben werde."

„Ich glaub' nicht, dass es immer in deiner Hand liegt. Im Klinikum muss man sich kümmern, wenn es nötig ist. Patienten sind keine ungeschriebenen Postkarten, die man notfalls bis zum nächsten Tag warten lassen kann."

„Du hast dir so viel Mühe gemacht ..." Sie wollte Petra umarmen, doch sie wich zurück.

„Ich muss an die Arbeit", murmelte Petra ausweichend. „Und selber? Hast du heut' keinen Dienst?"

„Doch, ich soll allerdings für den Nachtdienst einspringen. Petra, sei mir bitte nicht böse ...", flehte Sarah. „Ich hatte mir den Start in Potsdam nicht so vorgestellt."

„Wirklich nicht? Aber was hast du erwartet? Deine Ausbildung wird dich sehr in Anspruch nehmen. Das ist nun mal so. Versprich mir nur, dass du auf dich achtest, ja? Mute dir nicht zu viel zu."

Petra sah ihre Frau einen Augenblick prüfend an und schlürfte dann mit gesenktem Kopf in Richtung Bad. Am Türpfosten schlich sich Kater Musch in die Stube und stolzierte geradewegs zum Tisch.

Traurig blieb Sarah einen Moment stehen. Sie wollte nicht, dass alles so schief ging. Unvermittelt hörte sie Schritte auf der Treppe. Bernd kam herunter, stoppte im Türrahmen und warf einen vielsagenden Blick in die Stube, als er den Kater am Braten sah. Mit einer energischen Handbewegung und festem „Kusch!" jagte er Musch davon und ging in die Küche. „Petra hat bis kurz vor Mitternacht gewartet", kam es aus seiner Richtung, ohne dass er sich nach Sarah umsah. „Warum bleibst du nicht für immer in der Stadt? Vielleicht kommt Petra dann über dich hinweg. Denn eines ist ja wohl klar: So machst du sie nicht glücklich!"

Sarah wollte aufbegehren, doch sie erinnerte sich an Petras unglücklichen Blick und schwieg. Sie sah ihrem Schwager getrübt hinterher. Erst jetzt fiel ihr auf, dass Bernd seltsam gekrümmt dastand und beunruhigend blass war.

„Geht es dir nicht gut?", fragte sie besorgt, während sie ihm in die Küche folgte. „Du siehst nicht gut aus. Bist du krank?"

„Mir fehlt nichts. Ich musste nur Jule gestern einen Monat Stubenarrest geben, weil sie mit dem Gewehr herumgespielt hat und jemanden verletzte. Das war nicht besonders erfreulich."

„Jule war das mit dem Schuss?" Sarah war entsetzt.

Bernd nickte kurz.

„Na, das ist ja ein Ding ... Aber Bernd, du siehst wirklich krank aus. Bist du sicher, dass...?"

„Falls du 'n Versuchskaninchen für deine Schule brauchst, dann such' dir gefälligst jemand anderen! Mir geht's gut!"

„Entschuldigung, ich wollte nur helfen."

„Das musst du nicht. Auf deine Hilfe kann ich ebenso verzichten wie der Bock."

„Wie meinst du das? Was ist mit ihm?"

„Er liegt im Klinikum. Hast du ihn nicht geseh'n? Es heißt, dass er einen bösen Streit mit dem Passauer hatte. Tja, wenn du hier gewes'n wärst, wüsstest du es. Die Bürgermeisterin hat ihren Bruder zum Bockhof geschickt, damit er sich um das Vieh kümmert." Bernd wandte sich ab und schlürfte ins Badezimmer. Währenddessen schlich sich Musch geheimnisvoll aus der Stubentür, an der Wand den Flur entlang, in Richtung Haustür. Auf keinen Fall wollte er sich seine Beute von jemandem stibitzen lassen und verschwand mit einer dunklen Scheibe vom Braten auf den Hof.

Betroffen sah ihm Sarah nach. Dann drehte sie sich um und verließ kurz entschlossen das Haus. Sie musste unbedingt mit diesem Bräuer reden!

Wenig später betrat sie das Haus, in welchem der Passauer als Gast untergekommen war. Sie fragte nach Ingo Bräuer und hatte Glück. Er war da und saß noch beim Frühstück. Die Wirtin führte sie geradewegs in die kleine Gästeküche.

Entschlossen ging Sarah zu dem Geschäftsmann, der gerade schwungvoll ein hartgekochtes Ei köpfte. Mühsam unterdrückte sie das verachtende Wutgefühl, das sie augenblicklich überkam. Dieser Mann verursachte den Unfall, bei dem sie ihr Kind verlor. Doch sie war nicht deshalb gekommen, sondern wegen dem kranken Bock.

„Herr Bräuer?"

Der hochgewachsene, elegant gekleidete Mann sah interessiert auf. „Ja, der bin i ... Ach Sie! I erinn're mich. Sie kommen wegen des Unfalls, nicht wahr? Was kann i für die schöne Frau tun?"

„Ich bin Sarah Geppart und eine gute Freundin von Hans Bock."

„I versteh', meine Schöne. Wollen's sich net setzen und mit mir ein Frühstück nehmen?"

„Nein, ich möchte Ihnen nur sagen, dass Sie Herrn Bock in Ruhe lassen sollen. Er wird Ihnen seinen Hof niemals verkaufen und wenn Sie ihn noch länger bedrohen oder seinem Hof schaden sollten, werde ich die Polizei einschalten!", erwiderte Sarah mit festem Ton.

Der Passauer ließ den Löffel sinken und sah sie verblüfft an. Seine Miene drückte keineswegs Verärgerung aus, eher milde Belustigung. „Die Polizei, aha. Sie meinen doch wohl net den Krueger?" Er sah Sarah erwartend an. „Weswegen, bitt' schön, diese, na sagen wir mal, ‚Drohung'? I hab' Herrn Bock lediglich ein Kaufangebot unterbreitet, daran ist nichts Ungesetzliches."

„Nein, aber an der mutwilligen Zerstörung von Privateigentum schon. Sie haben Bocks Weidezaun niedergerissen und Viehzeug im Haus ausgesetzt, oder etwa nicht?"

„I weiß net, wovon's reden", erwiderte Bräuer entsetzt. „Aber gut zu wissen, junge Frau. Wenn's Haus voller Ungeziefer ist, werd' i mein Angebot wohl senken müssen, dann ist's net annähernd so viel wert, wie i g'denkt hab'."

Sarah schnappte empört nach Luft. „Ihretwegen liegt Herr Bock im Klinikum!", rief sie wütend. „Sie haben ihn mit Ihren Einschüchterungen und Schikanen so aufgeregt, dass sein Herz versagte. Haben Sie denn keine Ehre im Leib? Wie können Sie das mit Ihrem Gewissen vereinbaren?"

„Wie bitte? I kann doch net für des schwache Herz vom Bock. Und i würd' ihm freilich liebend gern ein angenehm'ren Lebensabend ermöglichen, wenn er es nur zulassen tät. Vielleicht sollten's als Freundin mal mit ihm d'rüber reden. Unterbreiten's ihm noch einmal mein' Vorschlag. Es würd' dem alten Knaben nimmer mehr an 'was fehlen."

„Doch, an seinem Zuhause!", funkelte Sarah wütend zurück.

Bräuer öffnete seine Arme und wippte mit seinen Händen wie ein Prediger. „Ist's Ihnen denn gleich, dass dieser Mann die nötigste Arbeit net mehr schaffen tut? Was soll in ein paar Jahren erst sein? Haben's schon mal d'rüber nachg'denkt? Mit meinem Geld könnt' er sich eine Pflegerin und eine angemessene Wohnung im Dorfe leisten und bräucht' sich um nix mehr scheren."

„Ja, aber um welchen Preis? Er würde sein Zuhause verlieren. Und das wäre für ihn unerträglich!"

„Das versteh' i schon, gute Frau!" Ingo Bräuer sah sie prüfend an. Dann lächelte er. „Kommen's mal mit hoch in mein Zimmer, meine Schöne. Dort können wir uns ungestört über alles unterhalten und eine Lösung für das Problem finden! Wir beide werden's schon einig, was?"

***

Wütendes Gebell empfing Sarah, als sie gegen zehn Uhr morgens den Bockhof erreichte. Frl. Wenke sprang kläffend hinter dem Zaun auf und ab und zerrte an ihrer Kette.

Vorsichtig näherte sich Sarah der Hündin. „Du bist mir viel lieber als diese aufgeblähte Weißwurscht", sagte sie sanft. „Der bellt zwar nicht, doch ein falscher Hund ist der alle Male! Wieso hast du ihn nicht verjagt, als der hier war? Hat er dich bestochen? Hm, sag an!"

Frl. Wenke knurrte und ruderte mit den Vorderpfoten durch die Luft. Das Holz an der Hundehütte, an die sie gekettet war, ächzte unter ihrer ungebändigten Kraft.

„Ist ja gut, Frl. Wenke! Ich weiß schon, dass der Hof dein Revier ist." Sarah öffnete eine Tüte mit Knochen, die sie aus der Stadt mitgebracht hatte. Eigentlich widerstrebte es ihr, Frl. Wenke das Futter einfach hinzuwerfen, aber offensichtlich blieb ihr nichts anderes übrig. Die Hündin war völlig außer sich, als wollte sie jeden Moment auf Sarah losgehen.

Sicherlich vermisst sie schrecklich ihr Herrchen, dachte sie verständnisvoll. „Wo steckt eigentlich der Bogdan? Die Bürgermeisterin wollte doch ihren Bruder vorbei schicken?"

Doch nur Frl. Wenkes Bellen antwortete ihr.

Sarah warf der Hündin einen Knochen zu, den sie misstrauisch beschnupperte. Es siegte der Hunger. Die Mischlingsdame legte sich den Knochen immer wieder in eine andere Position und begann schließlich mit wachsamem Auge daran rumzunagen. Aufmerksam verfolgte sie jeden Schritt von Sarah, ließ es aber zu, dass die junge Frau sich ihr näherte und ihre leeren Näpfe mit Wasser und Trockenfutter auffüllte.

„So ist es gut." Sarah legte auch die restlichen Knochen vor der Hündin ab und ging zum Stall, um nach Clementine zu sehen. Schon lange hörte sie die Sau wie wild quieken und beeilte sich.

„Ja, Clementine, du bekommst auch gleich was zu fressen. Doch wo ist nur dieser Bogdan, verflixt noch mal?"

Gerade als sie sich nach der Fütterung wieder aus der Tür begeben wollte, vernahm sie fast unmerklich ein Stöhnen aus einer dunklen Ecke, weit hinten im langgestreckten Stall. Sarah schrak zusammen. „Wer ist da?", rief sie hinein und spähte durch das dämmrige Innere. Am Ende machte sie eine zusammengesunkene Gestalt, die sich ächzend den Kopf hielt, aus.

„Bogdan? Bogdan, sind Sie da hinten?"

„Ja...", kam es leise.

Hastig eilte Sarah zum Jugoslawen und kniete sich neben ihn.

„Was ist Ihnen denn passiert?"

„Jemand hat mir heute in der Früh den Schädel einschlagen wollen. Da, gucken Sie, von hinten." Bogdan Seles hielt sich krümmend die Hand am Kopf und wimmerte.

Erschrocken bemerkte Sarah das Blut, das unter den Fingern Bogdans hervorgequollen war.

„Mensch, Sie müssen unbedingt zum Arzt!"

Bogdan nickte. „Wenn ich diesen Feigling erwische, der das getan hat. Der kann sich auf was gefasst machen", zischte es aus dem Verletzten.

„Haben Sie ihn gesehen?"

„Leider nicht. Es war noch dunkel und ich bin gerade hier rein, um von hier den Trog für das Schwein zu holen. Als es hinter mir raschelte, drehte ich mich um und schon krachte es auf meinem Kopf." Er verzog das Gesicht. „Ich weiß nicht, wie lange ich hier schon liege ... Verschwinde lieber von hier, wer weiß, ob der Schuft nicht noch im Haus ist. Auf diesem Hof ist man seines Lebens nicht mehr sicher!"

„Verschwinden?" Sie stutzte. „Das kann ich mir nicht vorstellen. Es ist schon hellerlichter Tag, genaugenommen nach zehn."

Sarah half Bogdan auf. Er schwankte ein wenig, fasste sich und folgte ihr nach draußen. Clementine quiekte gierig, als die beiden Zweibeiner an ihr vorbeigingen.

Bogdans Wunde war nicht tief, hatte aber stark geblutet. Sarah säuberte den Rand mit einem Handtuch aus Bocks Badezimmerschrank. Eilig ging sie zum Telefon und rief bei der Landärztin an. Diese war noch bei einem Hausbesuch, wollte aber sofort kommen, um beide abzuholen.

Später in der Praxis vernähte die Ärztin Bogdans Platzwunde mit acht Stichen und ermahnte ihn ausdrücklich, wenigstens noch den folgenden Tag im Bett zu bleiben. „Mann oh Mann, jetzt sehe ich wie eine ägyptische Mumie mit dem Verband aus", jammerte Bogdan.

„Einen feinen Kerl entstellt nichts", tröstete Sarah, die gerade den Telefonhörer auflegte. Sie hatte soeben Krueger über den Vorfall informiert, da sie eine Ahnung beschlich, wer dahinter stecken könnte.

***

Zuhause fand sie ihre Frau am Gartenzaun, ein Stück Erde umgrabend. Als Petra Sarah erblickte, stützte sie die Hände in die Hüften und schaute ihr finster entgegen. „Wo warst du?", fragte sie.

„Auf dem Bockhof. Ich wollte sehen, ob ich helfen kann."

„Ist das wahr?" Petras Miene war undurchdringlich, doch ihre Augen verrieten, dass sie ihr nicht glaubte.

„Natürlich ist das wahr."

„Bernd sagt, du warst beim Bräuer. Du sollst auf seinem Zimmer gewes'n sein."

Verflixt, woher wusste Bernd das denn schon wieder? Sarah seufzte. „Das stimmt. Ich war bei ihm, um ihn zu überreden, Hans Bock in Frieden zu lassen."

„Wieso in Frieden lass'n? Das ist nicht unser Bier, was die beiden zu bered'n hab'n. Und um das herauszufind'n, musst du wohl kaum auf sein Zimmer, oder?"

Sarah stutzte. Petra ist ja eifersüchtig!, stellte sie fest. „Ich hätte es dir schon erzählt", meinte sie beruhigend und wollte eine Hand von Petra greifen. Doch diese wich heftig zurück. „Gib mir keinen Grund, mein Vertrauen in dich zu verlier'n!", bat sie leise.

Sarah verstand gar nichts mehr.

***

An den folgenden Tagen bemühte sich Sarah, pünktlich Feierabend zu machen und zum Abendessen Daheim zu sein. Doch es klappte nur selten. Das Leben auf dem Hof wurde für sie immer unerträglicher. Ihre Schwiegermutter empfing sie jeden Abend mit Vorwürfen. Petra verteidigte sie zwar nach Kräften, doch wenn sie nachts alleine waren, drehte sie sich im Bett zur Wand, anstatt Sarah wie früher im Arm zu halten und mit ihr über den Tag zu reden.

Mehrmals war Sarah drauf und dran alles hinzuschmeißen und wieder Daheim auf dem Hof zu bleiben. Doch ihr war auch klar, dass dies nicht den Konflikt mit Petras Familie beheben würde.

Der Herbst kündigte sich unaufhaltsam an und färbte die ersten Blätter bunt. Als Sarah sich nachmittags einen kleinen Imbiss aus der neuen Cafeteria im Altbau des Klinikums holte, sann sie betrübt über ihre Misere nach.

„Na, auch deine erste Pause?", fragte Pfleger Jörg.

Sarah nickte und ließ sich erschöpft mit ihrem Tablett auf einen Stuhl fallen. „Heute war die Hölle los", stöhnte Sarah.

„Wem sagst du das?" Der kahlköpfige Pfleger hob vielsagend seinen Joghurtbecher. „Meine erste Mahlzeit heute."

„So anstrengend hatte ich es mir bestimmt nicht vorgestellt, weißt du? Gestern bin ich abends wieder nicht nach Tremsdorf gekommen."

„Es wird besser", tröstete Jörg knapp.

„Meinst du? Aber es werden doch nicht weniger Patienten."

„Nein, aber du lernst, den Stress nicht an dich heranzulassen."

„Hoffentlich!" Sarah nahm sich eine Schrippe mit Bärlauch vom Tablett und wollte gerade hungrig hineinbeißen, als es im Lautsprecher über der Kasse tönte:

„Schwester Sarah, bitte auf die Kinderstation! Schwester Sarah, bitte!" Die Durchsage brach ab.

Ergeben schob Sarah ihren Teller von sich.

„Das war's dann wohl mit dem Essen."

„Sieht so aus, Kleines." Jörg zwinkerte ihr aufmunternd zu. „Aber vielleicht lädt dich Doktor Junghaehnel als Ausgleich heute Abend zum Essen ein. Sie scheint eine Schwäche für dich zu haben."

„Sie ist einfach nur nachsichtig mit einer unerfahrenen Schwesternschülerin. Außerdem bin ich verheiratet."

„Das weiß sie vielleicht gar nicht. Jedenfalls schaut sie dich immer so innig an, dass einem ganz warm ums Herz werden kann." Jörg seufzte übertrieben lang. „Ich wünschte, mich würde mal jemand nur ein einziges Mal so anschauen. Tja, da gebe es so einiges von mir, als Dank versteht sich."

„Diese Details musst du jetzt für dich behalten. Ich muss los", erwiderte Sarah grinsend und eilte auf die Kinderstation, die ihre Ausbildungsstation in diesem Monat war.

„Sarah, gut dass Sie da sind. Kommen Sie!" Sie hatte die Station kaum betreten, als Doktor Junghaehnel auch schon auf sie zueilte und ihr andeutete, sie zu begleiten. Doktor Junghaehnel, eine von ihren Mitarbeitern geschätzte Ärztin, die auch wegen ihrer humorvollen Art und dem verwegenen Lächeln im gesamten Klinikum beliebt war. Zurzeit assistierte sie auf der Kinder- und der Frauenstation.

„Was ist passiert?", fragte Sarah auf dem Weg zur Notaufnahme.

„Es hat einen Unfall mit einem Schulbus vor Geltow gegeben. Sechs Kinder wurden verletzt. Zum Glück nicht lebensgefährlich, aber sie haben Schmerzen und sind natürlich verunsichert. Wir müssen sie auf unsere Station einweisen. Helfen Sie bitte Schwester Heike, die Kinder zu beruhigen."

„Natürlich." Mit raschen Schritten folgte Sarah der Ärztin in den Behandlungsraum. Eine ältere Kinderschwester tröstete gerade ein Mädchen mit dunklen Zöpfen, über dessen Wangen dicke Tränen kullerten. Die rechte Hand der Kleinen steckte in einem Gipsverband. Zwei Jungen wurden gerade von einem zweiten Arzt versorgt. Zwei andere Mädchen lagen noch auf den Untersuchungsliegen. Sie bluteten aus mehreren Wunden. Ein kurzhaariges Mädchen saß neben ihnen. Es war das älteste der Kinder, vielleicht elf Jahre alt.

„Wir haben eure Eltern informiert", begann Doktor Junghaehnel. „Sie sind schon auf dem Weg zu euch. Wenn ihr also noch rasch ausreißen wollt, ehe sie euch vor lauter Sorge halb tot drücken, solltet ihr es jetzt tun. In einer halben Stunde ist es nämlich zu spät dafür", erfüllte ihre verstellte Stimme den Raum.

Einige Kinder kicherten und selbst den beiden Verletzten auf der Liege entwich ein freudiges Glucksen.

Sarah ging währenddessen zu dem kurzhaarigen Mädchen und kniete sich neben sie auf gleiche Höhe. „Ich bin Schwesternschülerin Sarah", sagte sie. „Willst du mir von eurem Abenteuer im Bus erzählen?"

„Ein Abenteuer war es wirklich", nickte das Mädchen und begann vom Motorrad zu erzählen, das dem Bus hinter einer Kurve plötzlich entgegenkam. Sarah lauschte aufmerksam der Geschichte und versorgte die Schrammen und kleinen Wunden der anderen Kinder. Sie verteilte Umarmungen und tröstende Worte und merkte kaum, wie die Zeit verging. Erst als die Verletzten auf der Kinderstation ihre Zimmer bezogen hatten und von ihren Eltern umsorgt wurden, bemerkte Sarah die schon fortgeschrittene Stunde.

„Oh nein! Es ist schon nach zehn!"

Dolores Junghaehnel trat neben sie und nickte. „Ja, es ist wieder spät geworden. Aber Sie haben Ihre Sache sehr gut gemacht. Die Kinder haben beim Erzählen ihre Angst vergessen."

„Das habe ich mir von Ihnen abgeschaut", erwiderte Sarah freundlich.

„Tatsächlich?" Sie blickte Sarah erfreut an. „Wie wäre es, wenn wir zusammen zu Abend essen? Ich kenne da ein nettes Bistro in Potsdam West, das leckere Fladenbrote macht."

„Das klingt wundervoll, aber ich muss nach Hause. Meine Frau wird schon warten."

„Sie wohnen doch außerhalb, fährt denn um diese Zeit noch ein Bus?"

„Leider nicht." Sarah sah aus dem Fenster und seufzte leise. Draußen war es bereits stockdunkel. „Der letzte Bus ist schon lange weg. Aber wenn ich heute wieder nicht heimkomme, gibt's Streit."

„Warum denn? Ist Ihre Frau so streng mit Ihnen?"

„Sie nicht, aber ihre Eltern."

„Sie werden also noch von den Eltern erzogen? Pardon, den Schwiegereltern", berichtigte sich Junghaehnel scherzhaft. Sarah war peinlich berührt und wurde rot.

„Sie werden es schon verstehen", lenkte die Ärztin schnell wieder ein. „Es ist doch nicht Ihre Schuld, dass der Unfall passiert ist, Sarah."

Die Ärztin nickte ihr aufmunternd zu. „Ihre Familie kann stolz auf Sie sein", fuhr sie fort und schaute fest in Sarahs blaue Augen. „Sie sehen genau, wo es fehlt und scheuen sich nicht, mit anzupacken. Ich hoffe, dass Sie sich später dafür entscheiden, auf meiner Station zu arbeiten."

Sarah löste den eindringlichen Blikk. Das unerwartete Kompliment berührte sie peinlich.

„Ich will auf jeden Fall in die Gynäkologische Abteilung", antwortete sie gefasster und wandte sich zum Fenster.

„Na, warten Sie erst mal ab, bis Sie Ihre Ausbildung beendet haben. Bis dahin lernen Sie noch viele Bereiche des Klinikums kennen. Aber wer weiß, vielleicht arbeiten wir ja dann wirklich zusammen", lächelte Doktor Junghaehnel sie freundlich an.

Wieder stieg flammende Röte in Sarah auf, mit so viel Aufmerksamkeit von dieser Ärztin hatte sie nicht gerechnet.

„Sagen Sie Daheim Bescheid, dass Sie erst morgen da sein werden. Inzwischen bestelle ich uns einen Tisch", ließ die Frau in Weiß nicht locker.

„Das wäre meiner Frau bestimmt nicht recht."

„Warum denn nicht? Ich will Sie ja nicht verführen, sondern nur mit Ihnen essen gehen. Es ist ihr doch bestimmt nicht recht, dass Sie hungrig ins Bett gehen, oder?"

Diese Entschlossenheit gefiel Sarah irgendwie. Und weil es nun einmal nicht zu ändern war, dass sie in Potsdam übernachten musste, nickte sie und griff zum Telefonhörer.

„Wieso sitzt du denn nicht im Bus?", frotzelte Bernd am anderen Ende der Leitung.

„Ich musste länger arbeiten und übernachte in Potsdam. Holst du bitte Petra ans Telefon?"

„Petra ist noch nicht da. Sie hat 'ne Besprechung mit der Bürgermeisterin."

„Oh, ich verstehe. Richtest du ihr bitte aus, dass ich morgen Abend heimkomme?"

„Na, ich weiß nicht, ob ich ihr falsche Hoffnung mach'n soll."

„Bitte, Bernd, sage es ihr", erwiderte Sarah mit Nachdruck.

„Na gut. Ich werde es ihr sag'n und sie 'n bisschen trösten. Aber ehrlich gesagt, Sarah, ich versteh' dich nicht. Was suchst du in Potsdam, wenn deine Frau hier ist?"

Es klickte im Hörer. Der Schwager hatte aufgelegt.

***

Petra weigerte sich, den Sticheleien ihrer Familie Glauben zu schenken. Sarah würde sie nicht verlassen, um wieder in einer Stadt zu leben. Sie liebten sich doch! Aber warum blieb sie dann so oft abends fort?

Immer öfter grübelte sie darüber nach, ob an den Anschuldigungen doch etwas dran war. Zunächst unbemerkt stahlen sich die Zweifel in ihr Herz, doch unaufhaltsam wie ein schleichendes Gift. Das blieb auf dem Hof nicht verborgen. Bernd registrierte genau, dass die Eheleute sich voneinander entfernten. Das kam seinen eigenen Plänen sehr entgegen. Er war fest davon überzeugt, der Richtige für Petra zu sein. Warum ist er nur nicht eher auf den Gedanken gekommen?

Die Antwort darauf fiel ihm leicht: Er hatte um seine Frau getrauert und keine Augen für andere Menschen gehabt. Doch als Petra ihm ihre Verlobte präsentiert hatte, waren ihm die Augen aufgegangen. Sarah würde all' das bekommen, was er sich erträumt hatte: Eine Frau, das Erbe und eine strahlende Zukunft. Vom Fenster aus beobachtete Bernd, wie Petra an diesem Abend heimkam. Sie torkelte durch das Hoftor und rüttelte an der Haustür, bis ihr anscheinend aufging, dass sie ihren Schlüssel zum Öffnen brauchte.

Mensch, ist die besoffen!, stellte Bernd fest. Das war Petra sonst nie. Solange ich sie kenne, nicht! Sarah tut ihr einfach nicht gut. Etwas rumpelte unten im Flur, dann erklang ein undeutlicher Fluch. Von seiner Kammer aus konnte er die Jungbäuerin hören, wie sie die Treppe heraufstapfte und dann ins Zimmer ging. Wieder polterte etwas zu Boden.

Das war die Gelegenheit. Entschlossen stellte sich Bernd vor seinen Spiegel und bürstete sein langes Haar, bis es in weichen Wellen auf seine Schultern fiel. Dann tupfte er ein Hauch Parfüm an seinen Hals und auf den Ansatz seiner Brust. Seine Augen glitzerten ihm groß aus dem Spiegel entgegen, bis er sie zu einem kühlen Blick zusammenkniff. Er war voller Erwartung. Sein deutlich zu enges Nachtzeug, das seine männlichen Umrisse betonte, verriet die Absichten. Er dachte nicht im Traum daran, sich umzuziehen, straffte seine Körperhaltung und wollte gerade aus der Tür, als sich plötzlich ein stechendes Ziehen im Unterleib bemerkbar machte. Das konnte nur von der Aufregung sein, verdrängte er den im Moment höchst unpassenden Schmerz und schritt vorsichtig durch seine Tür.

Leise huschte er hinaus auf den Flur und lauschte kurz auf. Aus der Kammer der Schwiegereltern kam kein Mucks. Bernd nickte zufrieden. Dann schlich er über den dämmrigen Flur zur Tür seiner Schwägerin und klopfte. Von drinnen kam ein undeutlicher Laut. Bernd nahm ihn als Einladung und trat ein.

Petra stand vor dem Bett und schien zu überlegen, ob sie sich ausziehen oder gleich so zwischen die Kissen kriechen sollte. Sie war in einem desolaten Zustand! Ihre Bluse war zerknittert und die oberen Knöpfe geöffnet. Ihr kurzes Haar stand wirr nach allen Seiten ab und unter der langen eleganten Stoffhose lugte nur noch eine Sandale hervor. Der zweite Schuh war nirgends zu sehen. Als Petra Bernd bemerkte, weiteten sich ihre Augen. „Bernd, wat machst'n hier?", nuschelte sie.

„Ich hab' das Rumpeln gehört und mir Sorgen gemacht, ob wohl was passiert sei."

„Nüscht ist passiert. Hab' nur den Garderobenständer d'ran gehindert, mir den Weg zu versperr'n."

„Wo kommst du denn jetzt her?"

„War auf 'nem Sprung im ‚Dicken Willi', in Saarmund. Dort hab'n heut' die Molly G's gemuckt. Hab' Sarah schon vor Tagen eingelad'n mitzukomm'n. Se tanzt so gerne. Aber se war nich da. Nie is'se da ...", lallte sie schimpfend vor sich her. Sie beugte sich hinunter, um den zweiten Schuh auszuziehen, und stürzte haltlos vornüber. Schnaufend rappelte sie sich am Bett festhaltend wieder auf, und mit einem wirren Handwink ließ sie ihren Schuh doch am Fuß. „Is Wurscht!

„Mann oh Mann, du hast ganz schön getankt", stellte Bernd fest und kniete sich hin, um ihr den Schuh auszuziehen. Petra ließ sich dabei krachend auf das Bett plumpsen und stieß den Schwager unbemerkt zur Seite.

„Ist alles in Ordnung?", wollte Bernd von der rücklings auf dem Bett liegenden Petra wissen.

„Nüscht is'n Ordnung!", polterte die Betrunkene. „Meine Frau treibt sich ... was weiß ich wo rum. Is'it das Ende uns'rer Ehe oder der Anfang? Warum kommt'se nich mehr heim, Bernd?" Verzweifelt sah sie ihn an. „Gestern nich und auch heut' nich. Ich ... Ich vermiss'se so."

„Ich weiß nicht, warum sie nicht kommt, Petra."

„Wegen mir muss'se nich arbeiten. Brauch se nich! Aber se sagt, sie tut's für uns're Ehe. Quark mit Soße!" Petra lachte bitter auf. „Du hattest Recht, Bernd, sie wird immer selt'ner heimkommen. Bald werd' ich an'er Wäsche schnüffeln, um mich zu erinnern, wie se riecht ... Warum nur?"

„Mensch, Petra, nimm es dir doch nicht so zu Herzen. Sarah stammt aus der Stadt, das ist halt ein and'rer Menschenschlag."

„Du glaubst, dass se mich verlass'n wird, hab' ich Recht?", starrte sie ihn fragend an und richtete sich noch einmal auf.

Bernd zögerte einen Augenblick. Sicher wünschte er sich, Sarahs Stelle einzunehmen. Trotzdem ging ihm der Schmerz in den Augen dieser Frau ans Herz. Deshalb erwiderte er ehrlich: „Ich weiß es nicht. Sarah wünscht sich eben 'ne Aufgabe. Und sie wird bestimmt 'ne gute Krankenschwester."

Petra sah ihn an und schwankte mit dem Oberkörper, als stünde sie bei hohem Seegang in einem Boot. „Du bist 'n Schatz, Bernd, weißt de das?"

Er lächelte. „Wenn du das sagst ..."

„Aber sicher bist'e das. Und reizend siehst'e aus", brachte sie undeutlich beim Aufstoßen hervor. „Mensch, so reizend ... Liebst'e mich eigentlich?"

„Was? Aber Petra, ich ..." Er wusste nicht, was er sagen sollte. Er war ihr zugetan, wohl wahr, und glaubte fest daran, dass sie eine glückliche Zukunft haben könnten. Ja, sie könnten sich etwas aufbauen, denn sie waren aus dem selben Holz geschnitten. Daran gab es keinen Zweifel für ihn.

Noch während er über diese Frage verwirrt nachdachte, fiel Petra wieder unvermittelt aufs Bett und begann im nächsten Moment lautstark zu schnarchen.

Bernd sah sie verblüfft an. Dann schüttelte er den Kopf. Mensch, Petra, heute Abend bist du nicht du selbst, dachte er.

Er betrachtete die schlafende Frau eine Weile. Sein Gesicht wurde weich und nachdenklich. Er setzte sich auf die Bettkante und streichelte ihr sanft die Haare. Sie regte sich und flüsterte leise etwas, was er nicht verstand. Er beugte sich vor.

Seit Jahren war er keinem Menschen mehr so nah gewesen. In ihm wallte tiefe Sehnsucht nach Nähe auf. Er legte sich kurzerhand neben sie, schlüpfte zwischen ihre Arme und legte diese um sich. Dann bettete er den Kopf auf ihre Brust, lächelte zufrieden und schloss seine Augen.

***

Ein unsanftes Rütteln riss Petra aus dem Schlaf. Wie durch einen Nebel hörte sie eine drängende Männerstimme: „Wach auf Petra, mach schon!"

Ihr Mund war pelzig und von einem säuerlichen Geschmack gefüllt. Ihre Gedanken waren vom Alkohol wie in Watte gehüllt, als sie sich sehr langsam auf den Ellbogen aufrichtete. Sofort spürte sie den pochenden Schmerz hinter ihrer Stirn und schlug blinzelnd die Augen auf.

Im nächsten Augenblick wurde ihr speiübel, sie übergab sich im hohen Bogen und ließ sich wieder erschöpft nach hinten fallen. Das muss ein böser Traum sein!, dachte sie, die Augen fest zusammengepresst.

Sie erinnerte sich an den unterdrückten Aufschrei, der sie aus dem Schlaf riss. Sie hatte das Gefühl, nur kurz weggetreten zu sein. Müde blinzelte sie gegen die Helligkeit, die unerwartet ins Zimmer fiel. Dann sah sie die zierliche Frauengestalt, die mit weit aufgerissenen Augen in der Tür stand.

„Sarah!?"

Sarah starrte entsetzt auf Petras Brust. Als Petra den Blikk senkte, bemerkte sie Bernd, der mit einer viel zu engen Unterhose bekleidet an ihrer Seite lag. Vermutlich war er es, der gerade versuchte, sie wachzurütteln. Sein langes Haar war zerzaust. Auch ihre eigene Kleidung enthüllte mehr als sie verbarg. Petra schaute verwirrt um sich ... Überall klebte Erbrochenes.

„Ach herrje!", ächzte Petra mit belegter Stimme. „Bernd, was machst du hier?" Vergebens durchforstete sie ihr Gehirn nach Spuren einer Erinnerung. Sie wusste noch, dass sie im ‚Dicken Willi' wartete und ziemlich deprimiert war, als Sarah an diesem Abend wieder nicht wie verabredet kam. Ihr Geist hatte ihr Bilder von Sarah in den Armen eines anderen Menschen vorgegaukelt.

Um sich abzulenken, hatte sie einen über den Durst getrunken. Zusammen mit der Vonne Banz, einer alten Klassenkameradin aus Saarmund, kippte sie einen Sambuca nach dem anderen. Und dann? Es durchfuhr sie siedend heiß. „Mann, Bernd, wir hab'n doch nicht ... oder etwa doch?"

Er sah sie aus großen Augen an und schwieg.

„Petra!" Sarahs Stimme zitterte. „Was hast du getan?"

„Es ist nicht so, wie es aussieht!", beteuerte sie. „Hoff' ich zumindest", kam es kleinlauter hinterher.

Der Alkohol hatte ihre Erinnerung an die vergangenen Stunden scheinbar ausgelöscht. Hastig rappelte sie sich aus dem verhängnisvollen Ort und atmete auf, als sie etwas Abstand zu Bernd und dem Erbrochenen hatte.

Ein Blick auf den Wecker verriet ihr, dass es morgens um halb eins war.

„Wie kommst du denn jetzt her?", fragte sie ihre Frau, noch immer verwirrt. „Es fährt doch gar kein Bus mehr."

Sarah verschlang ihre Hände ineinander. „Ich habe eine Kollegin gebeten, mich nach Hause zu fahren, weil ich nicht schon wieder wegbleiben wollte", erwiderte sie noch immer völlig geschockt.

„Jemand aus dem Klinikum?"

Sie nickte. „Doktor Junghaehnel brachte mich." Sie warf ihrem Schwager einen bitteren Blick zu. „Nun ist es wohl besser, wenn ich nicht mehr störe."

„Aber nein, Sarah!" Petra wollte sie umarmen, doch ihre Frau wich angeekelt aus und blickte nur starr zurück, so, als hätte sie sie zum ersten Mal gesehen. Da ließ Petra die Hände sinken. „Lass uns reden!", bat sie.

„Nein, Petra, ich kann nicht reden." Aufgewühlt strich sie ihr Haar zurück. „Du hast die Nacht mit Bernd verbracht!"

„Um ehrlich zu sein, ich weiß es nicht", gestand sie und berührte fast prüfend ihren Unterleib und den beschmutzten Oberkörper.

„Aber ich weiß, was ich sehe." Tränen rollten über Sarahs Wangen. Sie wischte sie nicht einmal mehr weg.

„Ich war völlig blau. Ich hab' keine Ahnung, wie Bernd in mein Bett gekommen ist. Das musst du mir glauben! ... Mensch, Bernd, sag doch auch mal was!"

„Was spielt das noch für eine Rolle? Er liegt da und nur das zählt." Sarah sah ihren Schwager an, als hoffte sie auf eine Erklärung, doch Bernd saß inzwischen auf der Bettkante, säuberte mit dem Bettbezug seine Brust und sagte kein Wort.

Da nickte Sarah bitter vor sich hin. „Ihr hattet alle Recht, vielleicht passen wir wirklich nicht so gut zusammen, wie ich dachte. Ich hab mich immer bemüht, die Anfeindungen deiner Familie hinzunehmen. Mit allem hätte ich mich arrangieren können, aber nicht mit ... damit!" Hilflos wies sie auf das zerwühlte Bett.

Petra sank das Herz, als sie den Schmerz in Sarahs Augen sah. „Bitte, Sarah, ich liebe dich! Niemanden sonst."

„Heute Nacht ja wohl kaum", warf sie bitter zurück. „Ich werde meine Sachen packen und ziehe ins Schwesternwohnheim!"

„Zieh nicht aus, Sarah", flehte Petra heiser. „Ich will dich nicht verlieren. Diese Nacht bedeutet nichts, das musst du mir glauben."

„Es ist ja nicht nur diese Nacht. Deine Eltern, Bernd und ... Das Zusammenleben mit ihnen wird niemals friedlich werden."

Verzweifelt versuchte Petra, einen klaren Kopf zu bekommen und sich an das Geschehene zu erinnern. Doch es nutzte nichts. Die Frage blieb: Hat sie ihre geliebte Frau heute Nacht mit Bernd betrogen? Vor Scham wäre sie am liebsten im Boden versunken.

„Bernd, sag endlich 'was!", flehte sie in der vagen Hoffnung, sie könnte Klarheit bekommen. Doch Bernd brachte kein Wort über seine Lippen. Er richtete seine Hose, stand auf, nahm sein Oberteil und verließ das Zimmer.

Währenddessen hatte Sarah einen Rucksack aus dem Schrank geholt und begann, ihre Sachen zu packen. Eiseskälte überrieselte Petra. Ihre Frau war dabei, sie zu verlassen! Und sie spürte, dass nichts und niemand sie davon abhalten konnte. „Weglaufen ist keine Lösung, Sarah. Bitte!"

„Mit einem anderen Menschen die Nacht zu verbringen aber auch nicht", erwiderte sie entschlossen.

Die Worte trafen wie ein Faustschlag. „Geh nicht!", kam es nur noch hilflos von Petra. Sarah schloss den Sack und drehte sich zu ihr um. Kurz trafen sich ihre Augen.

„Mach's gut!"

Durchbruch

Anderthalb Tage waren vergangen, seit Sarah den Hof ihrer Schwiegereltern verlassen hatte und in der Nacht bei der Landärztin Unterschlupf fand. Inzwischen war sie nach Potsdam ins Schwesternheim gezogen. In der ganzen Zeit hatte sich Petra nicht ein einziges Mal bei ihr gemeldet. So viele Stunden hatte sie nichts von ihr gehört. Sie vermisste Petra so sehr, dass sich ihr Herz anfühlte wie eine einzige große Wunde. Was hielt Petra davon ab, mit ihr zu reden? Der Zorn über ihren Auszug? Eine aufkeimende Liebe zwischen ihr und Bernd? Sarah wusste es nicht, und sie spürte, dass die Kluft zwischen ihnen von Tag zu Tag immer größer wurde.

Doktor Dolores Junghaehnel schien Sarahs Kummer zu spüren und sorgte sich um sie. Sie brachte Sarah Kaffee, wenn sie über ihre Arbeit die Pausen vergaß, oder lud sie abends zum Essen in die Fidele nach Babelsberg ein. Einmal, da nahm sie die Schwesternschülerin sogar auf eine Abschiedsparty ihrer Nachbarinnen, die für längere Zeit ins Ausland wollten, ins betuchtere Wildpark West mit. Obwohl Sarah unaufhörlich die Liebe zur Jungbäuerin erwähnte, ließ sich Dolores Junghaehnel nicht entmutigen. Sie sprachen nie darüber, dass Junghaehnel ihr gern mehr als nur eine Freundin wäre, doch Sarah spürte, dass es so war. Tage vergingen.

An einem regnerischen Nachmittag, führte es Sarah zurück nach Tremsdorf, zum Geppart'schen Hof, um Wichtiges zu erledigen. Lange hatte sie mit sich gehadert und am liebsten hätte sie diese Fahrt vermieden, solange es nur ging, obwohl ihr Herz voller Sehnsucht blieb.

Kaum im Haus eingetreten, traf sie auch schon auf Bernd, den Mann, den sie vor ein paar Tagen eng an Petra geschmiegt im gemeinsamen Ehebett fand. Ihr Schwager sah unglaublich blass und eingefallen aus, bemerkte Sarah sofort. Schatten umrahmten seine Augen. Mit matten, erschöpften Bewegungen saß er in der Küche und putzte Gemüse für das Abendbrot.

Sarah trat ein. Augenblicklich blitzten sie seine Augen unverhohlen abschätzend an. „Dich hätt' ich hier nun wirklich nicht mehr erwartet", kam es trocken von ihm.

„Ich habe noch einige Bücher und Papiere hier. Die will ich abholen." Zögernd blieb Sarah für einen Moment in der Tür stehen. „Ist Petra zu Hause?"

„Nein. Sie ist mit den Eltern zum Einkaufen ins Sterncenter gefahren."

„Ach so." Sichtlich enttäuscht nickte Sarah. Irgendwie hoffte sie doch heimlich darauf, mit Petra reden zu können. Diese zunehmende Ungewissheit zermürbte sie innerlich. Ich hätte vorher anrufen sollen, warf sie sich vor.

Plötzlich bemerkte sie, wie die Hände ihres Schwagers zu zittern begannen. „Warst du endlich bei der Landärztin?", fragte sie vorsichtig.

„Nein." Bernds Mundwinkel zuckten seltsam nach unten. „Was soll ich bei der? Mir fehlt nichts."

„Du siehst krank aus. Schläfst du schlecht?"

„Ja, aber warum glaubst du, dass ich wegen einer Krankheit schlecht schlafe? Vielleicht sind meine Nächte aufregender als du denkst."

Wie von einem Schlag in den Magen getroffen zuckte Sarah zusammen und starrte ihren Schwager ungläubig an. Bernd hatte ihr nicht nur ein Messer ins Herz gestoßen, als er mit Petra schlief, jetzt drehte er es auch noch genüsslich herum.

Unter ihrem fassungslosen Blick schaute Bernd frech zurück, senkte im nächsten Moment den Kopf und fährt gleichmütig fort, die Möhren zu putzen.

Hastig verließ Sarah die Küche und stieg die Treppe in die Schlafstube hinauf, die sie noch bis vor kurzem mit ihrer Frau geteilt hatte.

Der vertraute Geruch weckte augenblicklich angenehme Erinnerungen, doch die sich breitmachende Enttäuschung vertrieb blitzartig dieses Gefühl. Es schmerzte sie, sich daran zu erinnern, wie Petra Bernd im Arm gehalten hatte. Und die Vorstellung, dass es jede weitere Nacht so ging, war unerträglich. Die Erkenntnis, dass Petra tatsächlich so skrupellos sein kann, war einfach unfassbar für Sarah.

Blitzartig öffnete sie den mitgebrachten Rucksack, packte einige persönliche Sachen und Lehrbücher ein. So schnell wie möglich wollte sie hier wieder verschwinden. Von unten aus der Küche drang ein kurzes polterndes Geräusch in die Schlafstube, doch sie schenkte dem keine weitere Beachtung, sondern schaute sich noch einmal traurig im einstigen gemeinsamen Liebesnest um. Für eine Weile verharrte ihr Blick auf dem Hochzeitsfoto über dem Bett. Wehmütig starrte sie es an. Wir waren so glücklich an jenem Tag!, dachte sie sich. Wir glaubten, dieses Glück wäre unzerstörbar.

Unaufhaltsam stiegen Tränen in ihre Augen und verschwammen den Blick. Schleunigst schloss sie den Rucksack und stieg überwältigt vom schmerzlichen Trauergefühl die Treppe wieder nach unten. Von Bernd will sie nie mehr etwas wissen, entschied sie wütend und eilte so schnell sie konnte zur Haustür raus. Ein unterschwelliges Gefühl ließ sie plötzlich innehalten, irgendwas machte sie stutzig und brachte sie zurück ins Haus, zur Küche. Vorsichtig lugte Sarah durch die halboffene Tür.

„Bernd!" Eilig stürzte sie auf ihren am Boden liegenden Schwager zu. Bernds Gesicht war kreidebleich, seine Lider flatterten. Flink suchte Sarah ihn nach einer Verletzung ab, konnte aber nichts Auffälliges finden. Bernd stöhnte unter Schmerzen.

„Jule!"

„Sie ist nicht hier, Bernd." Besorgt wandte sich Sarah ihrem Schwager zu. Kurzzeitig war sie unsicher, was sie tun musste und sortierte ihr bisheriges Wissen von der Ausbildung.

„Bernd! Kannst du mich hören? Ich rufe dir einen Arzt, Bernd! Ja?"

„Jule, kümm're dich um Jule, wenn ich nicht mehr bin."

„Aber was redest du denn da?"

„Es tut so weh, ... mein Bauch ...", wimmerte er leise.

„Bleib wach, ja? Bernd! Bleib mir ja wach!" Sarah zog einen Stuhl heran und stemmte Bernds Beine drauf. Dann eilte sie zum Telefon und wählte aufgeregt die Nummer der Landärztin. Marion Mucker versprach, sofort da zu sein.

„Jule ...", wiederholt flüsterte Bernd den Namen seiner Tochter. Er sah so übel aus, dass Sarah alle Demütigungen für diesen Moment vergaß und sich wieder zu ihm hinhockte.

„Ich passe auf Jule auf, bis es dir besser geht", versprach Sarah. Bernds Gesicht und das schmerzerfüllte Stöhnen ließen sie Schlimmes befürchten. „Mach dir keine Sorgen. Wir lassen Julchen nicht im Stich."

„Sie ist das Einzige, was ich noch auf der Welt hab..."

„Nicht ganz", unterbrach Sarah ironisch. „Du vergisst Petra und die Eltern."

„Nein, Sarah, Petra hat nur Augen für dich."

„Das dachte ich auch mal. Aber wir wissen ja nun beide, dass es nicht mehr ..." Sarah hielt erschrocken inne als sich ihr Schwager vor Schmerzen krümmte. Wenn bloß die Landärztin bald hier wäre!, grübelte sie voller Panik.

„Ich hab' Schiss, Sarah ... boah ... es tut so höllisch weh."

„Du musst keine Angst haben. Du bist bald wieder auf den Beinen."

„Mensch, du bist viel zu nett zu mir", wisperte Bernd. „Es tut mir leid!", fügte er sie anblinzelnd hinzu. „Ich wollte nicht, dass es so weit kommt ..." Pressend stützte er mit den Händen seinen Leib. Dann sank sein Kopf kraftlos zur Seite.

***

„Wird Papa wieder gesund, Tantchen?"

„Sicher", bejahte Petra die bange Frage ihrer Nichte und streichelte ihr liebevoll über den Kopf.

„Und wann darf er wieder nach Hause komm'n?"

„Das weiß ich nicht genau. 'N bisschen muss er bestimmt noch im Klinikum bleib'n." Sie dachte daran, dass Doktor Mucker beim Schwager einen Blinddarmdurchbruch festgestellt hatte, ihn notdürftig versorgte und einen Krankenwagen aus der Stadt anforderte. Er hatte zu lange die Anzeichen verdrängt, und die Ohnmacht war letztlich das Resultat einer Reihe von Alarmsignalen, die Bernd alle ignorierte. Es sei ein Wunder gewesen, dass er diesen Vorfall überlebt habe, meinten die Ärzte nach der Notoperation in Potsdam.

Petra schauderte es, warum hatte er nicht eher gesagt, dass er Schmerzen hatte? Weiß er nicht, wie leichtsinnig so eine Entzündung ist? Wäre nicht zufällig Sarah bei ihm gewesen und hätte sie nicht gleich die Landärztin gerufen, wäre der Körper bestimmt durch den Durchbruch soweit vergiftet worden, dass es zu spät gewesen wäre.

Inzwischen ging es ihm besser, doch der Körper hatte sich von dieser Tortur noch lange nicht erholt, deshalb musste Bernd noch Tage unter ärztlicher Aufsicht bleiben.

Um Jule von ihrem Kummer abzulenken, hatte Petra sie am Morgen zum Angeln mitgenommen. Seite an Seite saßen sie am großen Zuchtsee und lauschten dem Quaken der Frösche, während ihre Posen gleichmäßig an der Wasseroberfläche wippten.

Von Zeit zu Zeit kräuselte sich das Wasser, sobald ein Karpfen neugierig an die Oberfläche schwamm und nach Futter schnappte. Bisher hatten sie noch nichts gefangen. Doch das störte die beiden Anglerinnen nicht, die mit ihren Gedanken sowieso woanders zu sein schienen. Nur ab und an hielten sie nach dem alten Sielaff Ausschau, denn der sollte ihre Ruhe keineswegs stören.

„Wann kommt Sarah wieder?", unterbrach Jule die Stille.

Petra zuckte zusammen. „Weiß nicht", stammelte sie vor sich hin. „Vielleicht nie mehr."

„Nie mehr?" Jule riss entsetzt ihre braunen Augen weit auf. „Aber wieso das denn? Hast du sie nicht mehr lieb?"

„Doch, ich hab' sie noch lieb." Die Stimme der Jungbäuerin klang brüchig. „Sehr sogar."

„Na dann hol' sie doch Heim, oder willst' es nicht?", schrie Jule nun völlig verwirrt.

„Sie will es nicht ... Das muss ich respektier'n."

Die Achtjährige schob die Unterlippe vor und machte ein skeptisches Gesicht. „Glaubst du, Sarah mag uns nicht mehr?"

Darauf wusste Petra nichts zu erwidern. An Sarahs Stelle wäre ich auch tief verletzt, ging es ihr durch den Kopf. Seit mehreren Tagen überlegte sie, was in jener Nacht geschah, in der ihre Frau sie mit Bernd erwischte. Doch es wollte ihr einfach nicht mehr einfallen. Nie wieder rühre ich Alkohol an, nie wieder Sambuca!, schwörte sie sich. Das Zeug war auch keine Lösung, sondern schaffte nur noch mehr Probleme, das war ihr jetzt klar!

Unvermittelt sprang Jule auf und deutete mit dem Finger über den See. „Schau mal, da drüben, der Fischer!"

Petra verfolgte den Blikk ihrer Nichte und erkannte am anderen Ufer vage eine Gestalt, gerade hinter den Bäumen verschwindend. „Ich glaub' das nicht, der Mensch bewegt sich zu schnell für den Alten", winkte sie beschwichtigend ab. Dennoch kniff Petra die Augen zusammen, als könne sie sie so schärfer stellen, und legte ihre rechte Hand an die Stirn. Jule ahmte ihrer Tante begeistert, wenn auch mit wichtiger Miene, nach. Es blieb dabei. Petra erkannte nicht mehr als die Umrisse einer schattigen Person, die sich immer weiter weg entfernte, dennoch erschienen ihr die Bewegungen vertraut.

„Lass uns lieber zusammenpack'n, wer weiß, was das für ein Bleichgesicht war und ob es uns geseh'n hat. Beeil'n wir uns, Wachsames Auge!" Mit geübten Fingergriffen wurde das Angelzeug schnell im Sack verstaut. Das Wachsame Auge kümmerte sich um die Verpflegung und packte alles in ihren Schulranzen. Bereits nach drei Minuten marschierten Wachsames Auge und Flinker Pfeil über die Brücke, unterwegs zum heimatlichen Stamm. Für den Fall, dass es doch der bleichgesichtige Fischer war, schlichen sie einen kleinen Umweg durch die Felder entlang, in der Hoffnung, auf diese abenteuerliche Weise nicht gesehen zu werden.

„Ach herrje!"

„Was ist los, Flinker Pfeil?", wollte Jule erschrocken wissen.

„Da drüben ist eine Rauchsäule. Schaut so aus, als wäre da hinten ein Feuer." Ein schlimmer Verdacht kam der plötzlich ernstgewordenen Petra. „Besser wir geh'n zum Dorf, vielleicht kann ich beim Löschen helf'n."

Tremsdorf hatte zwar eine Freiwillige Feuerwehr, doch Feuer war immer eine Gefahr für die gesamte Gemeinde. Deshalb waren die Männer und Frauen für jede helfende Hand dankbar.

Sofort erkannten Jule und Petra den Ernst der Lage und rannten den Feldweg zurück, der grauen Rauchsäule entgegen. Der Pfad gabelte sich hier, und erst jetzt bemerkten sie, dass das Feuer doch nicht im Dorf, sondern auf dem Bockhof loderte.

„Das darf doch nicht wahr sein!", stöhnte Petra auf.

Beide sahen mit Entsetzen das Inferno noch knapp einen halben Kilometer vor sich liegen. Der Stall neben dem Haus brannte bereits. Es blieb nur noch eine Frage der Zeit, bis das Feuer zum Gebäude überspringen würde. Bisher war noch keine Feuerwehr zu sehen, auch sonst niemand.

„Geh nach Hause, Jule!", drängte Petra die Kleine. „Ich werde mit dem Löschen beginn'n. Du bist schneller bei uns, um Hilfe zu hol'n, als im Dorf."

„Aber ich kann doch helf'n!", entgegnete Jule widerspenstig.

„Nein, Kleines! Das ist viel zu gefährlich."

„Bitte ... Bitte, ich muss es wieder gutmach'n ..." Flehend blickte Jule auf. „Ich hab' doch dem Bauern den Streich gespielt. Die Tiere hab' ich ins Haus gebracht."

„Was? Warum hast du denn so 'nen Blödsinn getrieben? Konntest du dir niemand and'ren aussuch'n als den alten Bock?"

„Der Mann, der so komisch spricht, der hat's mir befohlen."

„Der Passauer?", entsetzt schaute Petra zur Nichte.

„Ich hab' ihn doch angeschoss'n." Jule schluchzte leise. „Er hat versprochen, dann nichts dem Krueger zu sagen."

„Das gibt's doch nicht!"

„Dann hat es aber Friedrichs Mutter rausbekomm'n und mich überredet, es selbst dem Papa zu beichten. Der hat ganz schön gemeckert."

„Ja, das weiß ich. Aber hast du mit dem Passauer noch mal 'was ausbaldowert? Dem Bock noch 'nen ander'n Streich gespielt?"

Heftig schüttelte Jule ihren Kopf „Ich schwör'!"

„Na schön, dann komm mit! Schauen wir mal, ob wir den restlichen Hof noch vor'm Feuer retten können. Aber bleib immer in meiner Nähe, bis ich dir etwas anderes sage, kapiert?"

Jule nickte eifrig ihrer Tante zu, dann eilten beide dem Bockhof entgegen. Schon von weitem konnten sie das aufgeregte Kläffen der Hofhündin hören. Rasend sprang Frl. Wenke an ihrer Kette hin und her, wimmerte und knurrte das Feuer an. Der Wind wehte den Heraneilenden graue Rauchschwaden entgegen und verteilte sie über den ganzen Hof. Unter den gierigen Flammen hörten sie das Holz vom Stall ächzen und knarren. Drinnen quiekte die alte Sau. Die ersten Dachbalken krachten bereits in sich zusammen. Petra erkannte sofort, dass hier nichts mehr zu retten war. Der Stall würde lichterloh niederbrennen. Jetzt galt für sie nur noch eins: Die anderen Gebäude vor den Flammen bewahren.

„Geh ins Haus und ruf' die Feuerwehr, Jule! Aber pass auf, öffne keine geschlossene Tür! Das Telefon ist gleich am Eingang", brüllte sie ihrer Nichte nach. „Beeil dich!"

Hastig rannte die Achtjährige zum Haus.

Petra überlegte kurz, griff dann nach dem Schlauch, der üblicherweise für die Wässerung des Gartens genutzt wurde, und begann umgehend das Bauernhaus mit dem Wasser zu nässen. Sie hoffte, das Feuer wenigstens für kurze Zeit fernhalten zu können. Bis die Feuerwehr kommt. Immer wieder stieg Rauch in ihre Lunge, erste Hustenkrämpfe bereiteten ihr Übelkeit. Unbeirrt hielt sie den Schlauch auf das Dach.

Dieser windige Geschäftsmann darf nicht gewinnen, trieb sie sich an. Das kann nur sein Werk gewesen sein, da war sich Petra gewiss. Sie wollte unbedingt das Haus für den alten Bauern retten. Welch' ein Glück, dass der Bock noch im Klinikum lag.

Kaum vernehmbar drang an ihr Ohr ein Ruf aus dem Stall. Unsicher spähte sie hinüber. Sie kann sich in diesem tosenden Feuer nur verhört haben, beruhigte sie sich selbst und wandte sich wieder ab.

Aber dann vernahm sie den Ruf erneut.

„Hilfe! Bitte, hört denn niemand ..." Eiseskälte überrieselte Petra, trotz der sengenden Hitze, die vom Feuer herüberschlug. Jemand ist im Stall! Das kann doch nicht möglich sein? Die Flammen schlucken unaufhaltsam Zentimeter um Zentimeter vom Stall, jeden Augenblick wird er komplett einstürzen! Wieso ist da jemand drin?

Ohne noch weiter zu überlegen warf sie den Schlauch zur Seite und stürzte auf das brennende Gebäude zu. Vorsichtig öffnete sie die Tür, um nicht von einer Feuerwalze ergriffen zu werden. Noch bevor Petra sie selbst öffnen konnte, flog ihr mit einem gewaltigen Stoß die schwere Holztür entgegen. Grunzend kam Clementine rausgestürmt. Petra, von der Wucht zu Boden gestoßen, rappelte sich schwer atmend wieder auf, während sie erneut ein Rufen aus dem Inneren des Stalls vernahm. Mit äußerster Vorsicht bewegte sie sich auf das offene Tor zu und spähte mit vorgehaltenem Arm hinein. Die Hitze war höllisch!

Rauch quoll ihr entgegen und das Bersten des Holzes krachte in den Ohren. Eine zunehmende Angst überkam sie. Beinahe blind tastete sie sich vorsichtig ins Innere vor.

„Hallo! Wo sind Sie?", schrie sie hinein.

„Hier", hustete eine heisere Männerstimme. „Ich bin hier!"

Petra kämpfte sich in die vermutete Richtung vor. Sie wich brennenden Balken und Strohballen aus. Der Rauch schmerzte in ihrer Brust. Doch sie ignorierte es und tauchte weiter und tiefer in das Innere des brennenden Stalles vor, bis sie plötzlich gegen die Beine eines Mannes stieß. Trotz der schlechten Sicht erkannte sie Ingo Bräuer am Boden liegend!

Neben dem Passauer lag ein rußiger Balken, der eine klaffende Wunde an seinem Kopf hinterlassen hatte. Benommen blickte Bräuer zu Petra auf. Wie es für die Jungbäuerin aussah, war er beim Feuerlegen nicht schnell genug aus dem Stall gekommen und von einem maroden herabstürzenden Balken niedergestreckt worden. „Pah, jetzt sind Sie selber Opfer Ihrer eigenen Schandtaten geworden, was?", triumphierte Petra und packte Bräuer kurz entschlossen unter seine Arme, um ihm aufzuhelfen. „Kommen Sie, wir müssen hier raus, ehe uns das Dach noch begräbt!"

„Ich kann nicht laufen", stöhnte der Geschäftsmann.

„Sie müss'n, los! Na los, komm'n Sie schon!"

Petra hievte ihn halb auf die Schulter. Vor Anstrengung und Sauerstoffmangel wurde ihr zunehmend schwarz vor den Augen. Langsam und tapfer schritt sie voran. Indem sie sich hart auf die Lippen biss, damit sie der Schmerz wach hielt, wehrte sie sich gegen die drohende Bewusstlosigkeit. Sie schmeckte ihr eigenes Blut. Schritt um Schritt schleppten sie sich beide der Freiheit entgegen. Hinter ihnen stürzte krachend ein weiterer Balken zu Boden.

„Ahh", jammerte der Geschäftsmann auf, dessen Bein von der Glut des berstenden Holzes getroffen wurde.

Petra mobilisierte ihre letzten Kräfte, um die Tür zu erreichen. Noch fünf Schritte. Noch vier, noch ...

Etwas krachte über ihren Köpfen zusammen. Hart traf es Petras Schädel. Blitzende Sterne wurden von der Dunkelheit verdrängt und zerrte sie unaufhaltsam mit sich fort.

**

„Sie schaffen es! Kommen Sie schon, kommen Sie zurück!" Eine vertraute Stimme und ermutigende Worte brachten Petra wieder zur Besinnung. Hustend und keuchend rang sie gierig nach Luft. Ihr Kopf hämmerte, ihr Innerstes brannte wie Feuer. Mit schmerzverzerrter Miene richtete sie den Oberkörper auf und blickte sich fragend um.

Sie erkannte, dass sie auf einer Wiese unweit des niedergebrannten Stalles lag, von dessen eingestürzten Wänden nur noch einige Rauchwolken aufstiegen. Zwei Leute von der Feuerwehr betrachteten mit wichtiger Miene den Schaden. Links von ihr stand ein Auto, an dem die Landärztin gelehnt saß und erschöpft Petra zunickte.

„Das war knapp", bemerkte sie trocken.

Petra erwiderte das Nicken. „Verdammt knapp sogar! Und der Passauer?" Wieder musste sie husten. Dennoch schaute sie fordernd zur Ärztin. Den Hustenanfall abwartend berichtete Marion Mucker:

„Ich konnte euch beide rausbringen. Weiß zwar nicht wie, aber irgendwie ist es mir gelungen. Sie haben kurz vor der Stalltür gelegen. Ein herabstürzender Balken hat Sie niedergerissen. Ihr Glück war es, dass er noch kein Feuer fing und nur beim Einsturz mitgerissen wurde. Wie auch immer, der traf Sie und schlug Sie offensichtlich nicht zu Brei."

„Meine Güte, welch ein Glück. Und der Passauer, hat der es auch geschafft?" Erschöpft drehte sich Petra auf den Rücken und schnappte tief nach frischer Luft. „Ich bin überzeugt, der war der Brandstifter."

„Na ja, Bräuer meint, er wär' nur hier gewesen, um das Anwesen auszumessen. Er wusste, dass Bock nicht hier ist und wollte sich richtig Zeit lassen." Die Landärztin strich ihre Haare aus dem mit Ruß beschmierten Gesicht.

„Angeblich wollte er in den Stall und Bogdan bitten, ihm beim Vermessen zu helfen. Bogdan hat er nicht angetroffen, aber dafür hätte er eins übern Schädel bekommen."

Petra setzte sich mit skeptischer Miene auf. „Glauben Sie das wirklich? Jule erzählte mir, dass der Passauer sie dazu drängte, dem Bock die Tiere ins Haus zu bringen. Der Typ ist ein gewieftes Schlitzohr. Sarah hat er auch auf sein Zimmer gelockt. Ich traue dem Kerl nicht." Sichtlich wütend wies Petra mit ihrem Kopf zum niedergebrannten Stall.

„Sicher bin ich mir natürlich nicht, doch was er sagt, passt zu Bogdans Beschreibungen. Er wurde vor einigen Tagen ebenfalls von einem Unbekannten niedergeschlagen."

„Wo ist der Passauer jetzt?", wollte Petra zornig wissen.

„Nachdem ich seine Wunden oberflächig versorgt habe, brachten ihn der Wehrführer und ein weiterer von der Feuerwehr zur Praxis runter. Den Krueger konnten sie nicht finden, also bleibt er vorerst dort. Wenn Schwester Agnes ihn verarztet hat, wird der Bräuer dem Wachtmeister einiges erklären müssen."

„Ich glaub', der wollte Hans Bock mit allen Mitteln vom Hof verjag'n, Sie werden schon seh'n, das wird dabei rauskommen", warf Petra überzeugt ein.

„Wir werden sehen! Jetzt werden wir erst mal runter ins Dorf fahren und Sie mit Sauerstoff versorgen. Ich habe da übrigens eine Botschaft für Sie, die ich ihnen noch erzählen sollte", lenkte augenblicklich die Landärztin zu einem anderen Thema über.

„'Ne Botschaft? Von Sarah?", polterte es hoffnungsvoll aus Petra.

„Nein, von Ihrem Schwager. Auf dem Weg ins Klinikum hat er gefiebert und dachte wohl, er würde den nächsten Tag nicht mehr erleben. Deshalb bat er mich Ihnen folgendes mitzuteilen: Es ist nix vorgefallen! Sie sind beide eingeschlafen. Damit können Sie bestimmt was anfangen!" Mucker zwinkerte der verdutzten Petra aufmunternd zu. Allmählich breitete sich Freude und Erleichterung in ihrem Gesicht aus.

„Und ob, das kann ich! Sie wiss'n gar nicht, was Sie mir damit für 'nen Stein vom Herzen nehm'n."

„Dieser Stein hängt nicht zufällig mit dem Wegzug Ihrer Frau zusammen, oder?", fragte Marion Mucker verständnisvoll.

„Doch, ehrlich gesagt schon. Ich weiß einfach nicht, was ich tun soll. Ich liebe Sarah, mehr als alles auf der Welt. Aber sie ist nicht glücklich bei mir."

„Wollen Sie Sarah etwa ziehen lassen?"

„Nein, dieser Gedanke ist mir unerträglich." Petra ballte ihre Hände zu Fäusten. „Aber was hab ich ihr denn schon zu bieten? Daheim ist alles noch genauso unerträglich, wie es bei ihrem Auszug war. Meine Familie traut niemandem mehr und lässt es ausgerechnet Sarah spüren."

„In diesem Fall sollten wir etwas unternehmen, das Ihnen beiden hilft. Und wer weiß, vielleicht machen wir damit sogar noch mehr Leute glücklich." Geheimnisvoll schmunzelte die Landärztin zur Jungbäuerin. „Ich habe da auch schon eine Idee."

Wie gesagt!

„K rueger war's, der Krueger!"
„Was war der Krueger?", Mucker stutzte.

Aufgeregt fuchtelte die Bürgermeisterin mit den Armen und stürzte aus der Praxis der ankommenden Ärztin und ihrer Patientin entgegen.

„Die Feuerwehrleute wollten Krueger aufsuchen, um ihm den Brandstifter zu melden. In seiner Dienststube saß er nicht, also gingen sie zum Haus. Seine Frau beteuerte, ihn den ganzen Tag noch nicht gesehen zu haben, meinte aber, dass er irgendwo in der Nähe sei." Aufgeregt schnappte die Bürgermeisterin nach Luft und fuhr fort: „Na ja, jedenfalls haben die Feuerwehrleute hinterm Haus im Geräteschuppen gesucht und fanden statt Krueger einen leeren Benzinkanister und 'nen durchwühlten Verbandskasten."

„Na und?", warf skeptisch die Landärztin ein.

„Na, der Krueger ist spurlos verschwunden. Hat sein Auto und die Dienstwaffe mitgenommen. Das macht der nie, meint seine Frau. Außerdem soll er in letzter Zeit ziemlich seltsam gewesen sein." Dunja Seles atmet tief aus und stöhnt.

„Seltsam?" Die Ärztin fing an, ihre Gedanken zu sortieren. Dann: „Er hat sich oft nach Bock erkundigt", fiel es Marion Mucker plötzlich auf, „und er wollte ständig etwas über den Passauer wissen.

… Doch warum soll Krueger etwas mit dem Feuer zu schaffen haben? …

… Was soll dahinter stecken? …", grübelte sie unaufhaltsam weiter.

„Ja, da fällt mir wieder ein, dass Jule und ich vorhin am See jemanden sahen, 'ne Gestalt, die am Ufer entlang flitzte. Wir dacht'n erst, dass der alte Sielaff kommt und sind davon. Die Gestalt war aber zu schnell für den Fischer."

Gespannt starrten alle auf Petra Geppart, die weiter nachdachte. „Das kann durchaus der Krueger gewes'n sein." Sichtlich aufgeregter fügte sie hinzu: „Die Bewegungen kamen mir gleich irgendwie bekannt vor. Da war dieses Zucken in der Schulter, dieser seltsame Tick, den der Krueger hat." Jetzt fiel es ihr ein: „Genau genomm'n lief die Person aus der Richtung des Bockhofes weg." Nun felsenfest von ihren Schlüssen überzeugt, zeigte Petra mit ausgestrecktem Arm zum entfernten See hin.

„Kann das denn möglich sein? Der Krueger soll das Feuer gelegt haben?", wunderte sich Dunja Seles noch skeptisch. Sie konnte nicht glauben, dass alle Verdächtigungen gegen den Wachtmeister liefen, der seit fünf Jahren im Dorf lebte. Doch je mehr alle darüber nachsannen, desto sicherer wurden sie sich dabei. „Das kann nur Krueger gewesen sein! Mensch, gibt's denn das? Der Dorfbulle."

„Wartet erst einmal ab. Lasst uns zu Frau Krueger gehen, die weiß vielleicht mehr." Der Vorschlag der Bürgermeisterin traf bei allen auf Zustimmung.

„Sie nicht!", stoppte Mucker barsch und mit ausgestreckter Hand ihre Patientin am Oberkörper. „Sie gehen rein, lassen ihre Rauchvergiftung und den Kopf behandeln!"

Mürrisch folgte Petra den Anweisungen der Landärztin und wandte sich der Praxis zu, wo Schwester Agnes, ihre Arme in die rundliche Hüfte stützend, schon neugierig lauerte.

Marion Mucker und Dunja Seles eilten geradewegs die Straße hinunter, zum Wohnhaus des Dorfpolizisten.

Schließlich erfuhren sie von Frau Krueger, dass ihr Mann um sein Erbe gebangt haben muss, nur soviel könne sie selber dazu sagen. Erst

vor wenigen Jahren, am Sterbebett seiner Mutter, erfuhr er vom zu er-
warteten Nachlass, mehr wisse sie allerdings auch nicht. Über solche
Dinge rede ihr Mann nicht.

Mitbekommen habe sie nur, dass er ein Sohn vom alten Bock sei.
Nebenbei habe sie nämlich mithören können, wie sich ihr Mann mit
dem Bauern am Telefon stritt. Darüber gewundert habe sie sich schon
oft, was wohl ihr Mann immer wieder mit dem Alten zu tun habe. Irgendwann sah sie Post vom Amt. Darin wäre von behördlicher Stelle
bestätigt worden, so habe sie zufällig lesen können, dass Kruegers Er-
zeuger aus Tremsdorf stamme, doch der Name unbekannt sei. Erst
jetzt konnte sie sich das eine zum anderen reimen, doch wie gesagt, ihr
Mann habe nie darüber gesprochen.

Schließlich verstand sie nach reiflicher Überlegung, wieso ihr Mann
nach Tremsdorf versetzt wurde. Das wäre ihr gleich so spanisch vor-
gekommen. Das könne er nur selber veranlasst haben, so viel stand für
sie jetzt fest. Er habe sie immer im Glauben gelassen, es wäre wegen
seiner Dienstverletzung am Arm gewesen, ganz offiziell, um ein scho-
nenderes Amt auf dem Land zu bekleiden.

So könne man sich eben täuschen, die Leute kennt man halt nie! Dem
Erbe ganz nah sein, das wollte er, weiß Frau Krueger nun mit Be-
stimmtheit zu sagen.

Zu vermuten sei allerdings noch, dass Bock ihren Mann als Sohn ab-
wies. Der wird ihm sicherlich gesagt haben, dass er erst nach seinem
Tode wiederkommen solle. Anders kann sie sich das alles nicht mehr
erklären, denn gemocht habe der Bock ihren Mann wohl nie, so etwas
spüre man schließlich als Ehefrau.

Der Fremde aus der Stadt, der Passauer, der dem Alten den Bockhof
abgaunern wollte, wird ihren Mann in Panik versetzt haben, kombi-
nierte Frau Krueger überzeugt. Wahrscheinlich habe ihr Mann befürchtet, seinen Nachlass zu verlieren. Aber genau wisse sie das eben
auch nicht, denn über solche Dinge äußere sich ihr Mann selten, wie
gesagt!

Die Bürgermeisterin hatte genug gehört. Eilig bewegte sie sich zu ihrem Büro, um im Potsdamer Polizeipräsidium Anzeige zu erstatten.

Weitere Ermittlungen werden ergeben, dass es Krueger war, der Bogdan im Stall niederschlug. Aus Versehen, wie er später schluchzend be-

teuern wird. Er wird schwören, dass er einen Eindringling auf dem Bockhof vermutete. Diesem wollte er nur einen Schrecken einjagen, mehr nicht, um ihn für immer vom Anwesen zu vertreiben.

Woher hätte Krueger auch wissen sollen, dass der Jugoslawe dort aushalf. Ärgerlicherweise beobachtete diesen morgendlichen Irrtum der im Gebüsch hockende Passauer und zog dummer Weise die falschen Schlüsse, worauf dieser den sowieso schon geplagten Wachtmeister erpresste.

Das war zu viel für Krueger. Forderte doch tatsächlich der Passauer vom Polizisten das Versprechen ein, mit Hilfe seines Amtes den Erwerb des Bockhofes zu beschleunigen, um schließlich diesen in einen exklusiven Reiterhof ausbauen zu können.

Aber nicht mit Krueger!

Der hielt den Passauer hin, denn erpressen lassen wollte er sich nicht von diesem Gauner. Nicht von so einem.

Krueger wartete auf eine passende Gelegenheit, die sich bot, als der Gauner unerlaubter Weise auf dem Hof Maß nahm. Kurzerhand schlug Krueger den Schurken nieder und versuchte mit einem kleinen Feuer den Verdacht insofern auf diesen windigen Geschäftsmann zu lenken, dass er dem armen alten Bock erneut einen Streich spielen wollte.

Alle hätten es geglaubt, jeder hätte den Gauner davonjagen wollen und im Dorfe wäre endlich wieder Ruhe eingekehrt. Schließlich sei genau das Kruegers Aufgabe: Ruhe und Ordnung in Tremsdorf! So war der Plan, wird der ehemalige Hüter des Gesetzes immer wieder betonen. Doch alles geriet außer Kontrolle. Das Feuer geriet außer Kontrolle. Krueger verbrannte sich beim Löschversuch die Finger, geriet in Panik und ließ den Passauer versehentlich im Stall liegen. Das war nicht mit Absicht! Ein Unfall eben. „Ich schwöre!"

Wegen seiner Brandwunden hatte Krueger auf der Fahrt die Kontrolle über das Lenkrad verloren. Nur deshalb stürzte er mit dem Auto in einen Straßengraben. Eine Flucht war das nicht. Wirklich! Er hatte eben in Richtung Osten fahren müssen, weil seine Strecke so war und nicht weil er zur Grenze nach Polen wollte. Das wäre eine üble Behauptung gewesen!

In der Potsdamer Treskowstraße wird der inzwischen Enterbte für sehr lange Zeit seinen Mitinsassen den Hergang genauestens schildern können, wenn er nicht gerade Besuch von seiner Frau empfangen wird.

Der Geschäftsmann Ingo Bräuer aus Passau wird auch mit behördlichen Untersuchungen rechnen müssen. Dabei ermittelt werden könnte der durch ihn verursachte Verkehrsunfall, seine Erpressungen oder gar die Nötigungen. Doch davon werden wir vielleicht in einer anderen Geschichte erfahren. Vielleicht wird er aber auch ungestraft davonkommen und baut ganz in der Nähe einen exklusiven Reiterhof aus.

Mit Ruhe inklusive, versteht sich!

Denn Orte wie Tremsdorf gibt es im Märkischen Brandenburg viele.

Abschied vom Geppart'schen Hof

D er Wind treibt spielerisch goldene Blätter vor Sarahs Schritte. Zielstrebig wandert die junge Frau zum Bockhof. Der alte Bauer war vor drei Tagen aus dem Klinikum entlassen worden und hatte sie auf einen Kaffeeplausch zum Sonntag eingeladen.

Es ist ein warmer Nachmittag. Die Sonne steht im Westen schon tief über der Tremsdorfer Landschaft, doch ihr goldenes Licht flutet über die inzwischen brachen Äcker und lässt jedes Haus wundervoll glänzen.

Heute ist es für Sarah ein seltsames Gefühl wieder in Tremsdorf zu sein. Während der langen Tage und Nächte in Potsdam hatte sie sich immer wieder hierher zurückgesehnt, doch nun fühlt sie sich seltsam fremd und traurig. Das hat auch seinen Grund, denn Petra wartet nicht mehr auf sie. Sie muss den Geppart'schen Hof weit hinter sich lassen und geht auf direktem Wege zu Hans Bock, wie eine Besucherin. Sie gehört nicht mehr dazu.

Das tut weh. Sie hatte vor ihrer Hochzeit davon geträumt, hier ein Zuhause zu finden. Es war ihr nicht gelungen.

Doktor Dolores Junghaehnel hätte sie heut Nachmittag gerne begleitet, doch Sarah hatte sie freundlich auf ein anderes Mal vertröstet. Ihre unnachgiebige Aufmerksamkeit tat ihr zwar irgendwie gut, doch allein der Gedanke, ihr Herz einem anderen Menschen als Petra zu schenken, trieben ihr sofort Tränen übers Gesicht.

Menschenskind, warum hat es bei uns nicht geklappt?

Sie schaudert, als die schwarze Stallruine vor ihr auftaucht. Nun, wenigstens hat Clementine das Feuer gut überstanden, denkt sie. Der Stall lässt sich wieder aufbauen ... Suchend sieht sie sich nach dem alten Bauern um. Nirgends ist er zu entdecken.

„Hallo, Herr Bock!", ruft sie kräftig. Kein Zeichen. „Vielleicht ist er ja auf der Weide, hinterm Haus bei den Schafen", murmelt sie vor sich hin. „Haaaallo! Sind Sie zu Hause?"

Daraufhin tritt jemand mit einem Werkzeugkoffer aus dem Haus.

„Du? Was machst du denn hier?" Sarah spürt einen innerlichen Stich. Zögernd geht sie auf die Person zu.

Petra stellt den Koffer ab und tritt mit einem warmen Lächeln vor Sarah hin. Eine Spur Unsicherheit mischt sich in beide Gesichter.

„Der Hofherr hat mich für einige Reparaturarbeiten beauftragt."

„Verstehe." Räuspernd sieht sich Sarah um. „Wo ist er?"

„Sie steh'n hier."

„Nein, ich meine Hans Bock."

„Ach so, ich dachte, du willst zu den Hausbesitzern."

Verwirrt blinzelt Sarah zur größeren Frau. Petra zwinkert ihr zu. Unverzüglich macht sich ein ungläubiges Staunen in Sarahs Gesicht bemerkbar. Beide Augen reißt sie erstaunt auf. „Soll das heißen, du hast den Hof gekauft?"

Petra nickt erwartend. „Ich wollt' dem ewigen Hin und Her wegen des Hofes ein Ende bereiten. Herr Bräuer dürfte wohl das Interesse endgültig verloren hab'n, aber wer weiß das schon mit Sicherheit. Von seiner Sorte gibt's nun mal viele."

„Ich kann nicht glauben, dass Hans Bock seinen Hof verkauft hat." Bestürzt schüttelt Sarah den Kopf. „Wo soll er denn nun hin? Er wurde doch hier geboren. Ich glaube nicht, dass er woanders heimisch wird."

„Muss er auch nicht." Petra lächelt und sieht äußerst zufrieden mit sich aus. „Er hat nämlich Wohnrecht, solange er will. Er hat mein Versprechen, dass er hier wohn'n bleiben darf."

„Wirklich? Dann bleibt alles beim Alten?"

„Nein." Petra schweigt einen Moment, als wüsste sie nicht, wie sie anfangen soll. Dann greift sie nach Sarahs Hand und sagt liebevoll:

„Hase, es gibt für mich nur einen einzigen Menschen auf der Welt und der bist du. Ich würd' alles tun, um dich glücklich zu machen. Und ich wünschte, ich hätt' schon viel eher erkannt, wie es dir auf dem Hof meiner Eltern erging."

Sarah begann zu schlucken und brachte kein Wort hervor.

„Ich hab' nie etwas mit Bernd gehabt. Wenn du wüsstest, wie schuldig ich mich fühlte. Wie schmutzig. Deshalb hab' ich es nicht über mich gebracht, mit dir zu reden. Aber nun weiß ich, dass in jener Nacht nichts vorgefall'n ist. Bernd hatte es d'rauf angelegt, doch er schlief in meinen Armen ein, die er sich vorher selbst umgelegt hatte. Er war so müde von den schlaflosen Nächten mit den Schmerzen im Unterleib, dass er sich nur hinzulegen brauchte und gleich einschlief. Ich bin so froh, dass es endlich raus ist. Sarah, für mich gibt es nur die Eine, dich!"

„Mensch, Petra ..." Sarahs Augen schimmern feucht vor unerwarteter Rührung.

„Ich hab' den Hof für uns gekauft. Hier soll unser Zuhause werden. Wenn du willst." Petra zieht ihre Frau an sich. „Hier können wir beide neu anfangen. Hans wär' auch überglücklich. Er bewohnt zwei Zimmer im Parterre, den Rest können wir ausbau'n, wie es uns gefällt. Finanziell beteiligt er sich auch d'ran. Hase, glaubst du, dich hier heimisch fühlen zu können?"

„Sicher", wispert es leise von der überwältigten Frau.

„Ich werde dich immer unterstützen, auch in deiner Ausbildung. Zusammen können wir's schaffen", versprach Petra mit feierlicher Stimme und erhobener Hand.

„Aber was ist mit deinen Eltern? Sie brauchen dich doch in der Wirtschaft."

„Ich hab' mit Bogdan geredet. 'Nen bess'ren Landarbeiter werden sie nirgends krieg'n. Der wird gern' bei ihnen arbeiten." Energisch zieht Petra Sarah noch näher an sich heran. Aus ihren Augen leuchtet es. „Ich liebe dich! Von ganzem Herzen. Willst du es noch einmal mit mir wagen?"

Mit strahlenden Augen fällt Sarah Petra um den Hals. „Ja!", strömt es aus ihr raus. „Das ist mein größter Wunsch!"

Petra senkt ihren Kopf und verschließt Sarahs Lippen mit einem nicht enden wollenden Kuss.

Nichts und niemand kann sie jemals wieder trennen.

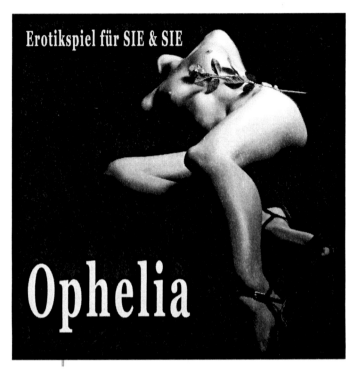

Erotikspiel für SIE & SIE

Ophelia

Versteckspiel war gestern

www.l-trivial.de

Gewöhnlichen Dingen frönen,
Träumereien Junggebliebener lauschen, am Liebesglück erfreuen, der
Gemeinschaft geben, Zweifelnde stärken, Reisende unterhalten,
den Blikk in die märkische Heimat lenken.

Die Macherinnen von L-Trivial

* Eventuelle Ähnlichkeiten mit lebenden Personen sind zufällig, Situationen und Charaktere
erfunden, inspiriert durch unzählige Heimatschmöker von Oma.